⑪ 勇破焱霞关

四海为仙

管平潮 ◎ 著

浙江文艺出版社
Zhejiang Literature & Art Publishing House

目录

第一章
蛇影杯弓，惊巨灵如逝鸟

月华自天心洒落，罡风自海面吹来，当胯下神骏的白马逆风飞翔，马背上的少年便只觉耳旁忽然唑啦一声烈响，迎面的海风好似突然发狂，将身边夜空遽然撕裂，让他这一人一骑从中通过。

看来胯下神驹果然通灵，当小言刚说要和乘坐火鸟的小妹妹比赛谁更快时，骕骦风神马便铆足了劲吸溜一声清啸，还不待背上的新手骑士如何反应，便省略了惯有的加速过程，忽如平地刮起一道风飙呼一声飞蹿出去，似一道白色闪电裂空而过，几乎眨眼之后便消失在海天之中。

对小言来说，这感觉十分奇异。刚转过头跟琼容说完那句话，还没等脑袋再转回来，便一阵天地剧变，原本近在眼前的黑压压的军阵转眼不见，只在海雾中依稀看到后面两个红点，想来那便是琼容。

见这样，小言只好赶紧约束胯下坐骑来回反复盘旋，保证不和大队人马脱离。

就在这样盘桓往转的飞翔中，小言远不像他身后千万妖神仰望中的形象那般潇洒。在骕骦马出乎想象的速度下，他其实苦不堪言！

一路上，小言始终在神马巨翼扇成的无数个旋风旋涡里苦苦挣扎，被扑面的狂风吹得紧闭嘴巴,连呼吸都十分困难。

这时,骑乘火鸟的琼容已经赶上来,一直在他身侧忽前忽后。嬉笑自若的小妹妹,还常常跟她敬爱的哥哥问话,但这时她雄辩博学的堂主哥哥偏偏张不得嘴,只好无论听到什么稀奇古怪的问题,一概以点头眨眼作为回答。

不管怎样,在海月清光映照下,小言一马当先,带领着身后庞大的妖神军团滚滚向前,急速接近东南方的神树群岛。

他们快接近神树群岛所在的翡翠海域时,这支急行的救援队伍又放缓了前进的步伐。一直等他们的少年首领跨着那匹闪电般的白马瞬间接近神树群岛,看清那处真是战火连天后,整支大军才重又开动,海上水下齐头并进,如一团酝酿已久的黑重雨云向前碾进。

对那些誓死保卫家园的精灵来说,小言当机立断带来的这支救援大军,就如及时雨一般!

水灵妖军赶到翠树云关神树岛时,已到了亥时之末接近子夜时分。天边的圆月已从中天渐渐西沉,本就波涛如墨的大海上空变得越发黑暗。

熊熊燃烧的神树群岛上,那些为了家园不被毁灭的"叛乱者"发起的战斗,已接近尾声。

奉水侯孟章之命驱驰炎洲火光兽前来纵火的惊澜洲巨灵,战斗力数一数二,即便只是那些火光兽纵起的冲天大火,也足以全部杀死被他们视为叛乱者的蝶女蜂兵。因为能与海水同燃的炎洲大火,本就是这些蜂蝶精灵的克星。

可以说,这场战斗从一开始,便是毫无悬念的一边倒之局。小言率军到来时,那些残存的蜂蝶精灵如扑火飞蛾一般,明知上前便是送死,却还是固执地相互依靠着向前方火海冲锋。相对强壮的蜂兵在蝶女们撒播的毒粉迷雾掩护下,朝那些毁灭自己家园的往日盟友奋力掷出毒刺蜂枪。

如此之后，他们中的大多数便耗尽了所有灵根，在水火蒸腾的迷雾中颓然摔在海波中，眼睁睁地看着那些毒舌般的火焰凶猛舔近。

在这样的情形下，死伤大半的精灵很快便弄清了眼前的局势，无论蝶女还是蜂兵，立即在援军的掩护下迅速脱离战场，朝西北四渎龙军大后方撤去。

小言带来的妖神大军投入战场后，原本一边倒的战局立时扭转。

相比于千来个石丘一样的惊澜洲巨灵，还有那些只懂一味纵火的炎洲兽灵，成千上万个妖神战士加入烟火纷飞的战斗后，立即就排山倒海一般将他们淹没。转眼之后，巨灵、火兽联军便被小言一方从巨大的神树树荫中赶出，驱逐到了辽阔无际的大海上。

这时南海异树交错而成的神树群岛中，仍烟火熏天，火势弥漫，若不及时救火，南海有名的胜地便会付于一炬。因此，赶跑那些不停纵火的火兽巨灵后，与小言同来的上清宫灵虚子、清溟等人，见战局已定，自己即使加入也帮不上多少忙，便留在树影交横的树岛萍洲中施放上清宫特有的倒海致雨符和倒海翻江符，和那些水族一道兴起风浪，召云布雨，着紧浇灭树岛萍洲中愈演愈烈的火势。

再说小言，见妖神战卒将那些惊澜巨灵、炎洲火兽驱逐到了一望无际的大海上，便知大事已定。

看着每十数头豺狼虎豹围着攻击一个石丘一样的巨人，小言便知此时对他来说最该做的，不是上前一同厮杀，而是老老实实地待在一旁，眼观六路耳听八方，留意观察有没有异常。

因此到了这时，对初出茅庐便被委以重任的小言来说，反而最是惬意轻松。微朦的月光下，他甚至还有闲暇仔细观察那些巨灵裸露的胸膛臂膀上肌肤的光泽，心中暗想在有如石苔色泽的皮肤之下，这些南海异人的筋肉是不是真由石头构成！

相比他这样的闲暇,此时战场中有一个人的感受却截然相反。

此人便是这番战斗中南海的首领主将,惊澜洲的巨灵族族长乌号。

这位身高五六丈、肌肤泛着古铜色的巨人,刚刚还在琢磨是不是该催促那些火光兽加紧放完最后一把火,大伙儿好早点收队回去复命。谁知这念头还没生多久,就突然发生变故,敌方的千军万马就好似从天而降,眨眼间便救走了南海的叛族,还将己方赶回无遮无挡的大海上。

"不是说今晚方圆五百里都没敌踪出现吗？呸！"扭过脸朝海涛中狠狠啐了一口,高大威猛的惊澜猛将便在心中悻悻想道,"嘻,还说什么神影海马,依老子看,连鬼影都不如！"

骂归骂,眼前的战局却还是一如既往,丝毫没有好转。成批的巨灵倒下,不停有火光兽灵投降,看起来用不了多久,这战事便会彻底崩坏。

而在这样急如星火的时刻,乌号偶尔翘首一望,却看到了让他更加生气的情景:敌阵之后那个显见是此次援军主帅的少年,现在竟远远躲在一旁,不管鏖战激烈异常,只管自己一个人坐在高头大马上闲看。瞧他那副优哉游哉的模样,倒好像此时他不是在督战,而是在乘凉！

"可恶！别以为自己杀死过无支祁大人就得意,碰上我乌号……还是讨不了好去！"

恼怒之余,挑战的想法却不十分坚定,在龙域过火的负面宣扬影响之下,这位勇冠南海的巨灵怒气冲冲地想过之后,又踌躇了一番,直等到己方战士十去其四,不停倒下,才终于按捺不住怒火,冲着远处那个一直袖手旁观的少年奋勇喝道:"呔！那方主将,可敢与我乌号一战？"

"呃？"

巨灵暴喝之时,小言刚把琼容从混乱不堪的战团中唤出来,请她去北面树岛萍洲中协助大家灭火。刚把这好战的小妹妹打发走，乌号这声响雷般的挑战声便在半空炸响，把他吓了一大跳。

缓了缓神，辨清楚声音来源，小言抬眼望去，便发现在眼前乱作一团的战场之后，偏东方向海面上一个身子比北面树岛巨木矮不了多少的巨人，正两脚分踏在两座相距有半里多的海礁上，怒容满面，看着自己的如盘巨眼中倒映着北边树岛燃烧的火光，仿佛其中也着起火来。

也许是因为十分生气，巨灵丘陵般堆积的满脸横肉不住抖动，带动着两耳上吊着的铜耳环不住晃动，犹如两只挂在半空中的车轱辘，不停摇晃。

若是放在往日，看到这样凶神恶煞的奇人异相小言不免会吓一大跳，只是经过这些天战火的锤炼，现在他已是见怪不怪。

见对面巨灵发怒，小言稍一思忖，只是嘻嘻一笑，脸上又现出往年混迹市井中时的惫懒模样，同样也是高声回喝道："哒！对面巨神也听着，凭什么我要和你对战？现在可是我们人多！"

话语声响如雷，音量倒和乌号差不多，只是内容十分无赖。小言这话刚说完，差点没把对面战阵后的巨灵族族长鼻子气歪！

"好好好！"

没想到对方法力高强的堂堂主帅，说话竟如此不正经，明摆着只想仗势欺人！这样一来，便把性格刚猛的乌号气得七窍生烟，一时手脚剧颤，恨不得马上就冲到少年面前对其饱以老拳！

这般情形下，刚才心中那一点忌惮早被抛到九霄云外，气急败坏之际乌号连道数声"好"后，便吼的一声喊，脚下转眼便有两个庞然大物破水而出，被他举在空中。

"对面小儿听好——凭什么？就凭这个！"

说话间巨灵族族长便举起了手中两个黑乎乎的巨物奋力朝北面树岛萍

洲冲去，刹那之后只听得"轰！哗！"几声巨响，顿时便有几块碧玉盘般的青萍洲渚被他手中物事砸得粉碎，转眼便沉没不见！

乌号冲砸之时，威势有若猛虎，仓促间那些正在洲渚间灭火的水族战士竟无人敢向前阻拦。直等到乌号砸沉四五块洲渚后，避让于树岛中的众人才看清楚，原来这个巨灵先前站立之处并不是两座天然海礁，而是两座怪石嶙峋的大山！

这般情形下，小言只好把以逸待劳的心思放下，驱马绕过绵延数十里的战场，靠近乌号所在的水面勒马高叫道："好，那就与你一战！"

听得小言回话，乌号赶紧停了手中的破坏活动，一弹身飘出五六里地，确信已离小言很远之后才停住巨大的身形。

在海涛中立定，力量无穷的乌号又将手中两座高山堆放眼前，小心翼翼地护住全身，提防对面少年故伎重施，再像上次杀死无支祁将军那样施展邪术。

见以山为武器的巨硕海灵突然间灵活无比地飘然远逝，又拿两座山峰屏立身前将自己死死护住，小言一时倒有些愕然。

又见外表粗豪的乌号一副如临大敌的谨慎模样，小言一时也无计可施，只好无比紧张地思考起攻敌方略来。

用飞剑击他？不行，那两座山并立如屏，一时也寻不到运转飞剑的空隙。

用飞月流光斩轰他？同样不行，对方防守如此严密小心，只有把那两座巍巍高山完全轰塌，才可能伤到他身形。

第一回面对以山为兵器并且只顾防守的奇异敌手，向来脑筋灵活的小言倒一时犯了难。

"有了！"

此时对方只等着自己来攻，在这样轻松的情势下小言的脑筋也似乎特别灵，转眼间就想到一个主意。

这主意，要是用得好，不仅能迅速击倒对方，说不定整个巨灵族的殊死抵抗也能就此土崩瓦解！

于是，正当乌号躲在严丝合缝的大山背后万分紧张地感应对方攻势时，忽听对面少年一缕话音传到："好吧，许久未曾见这样的对手，那小爷今日便以山对山，和你来较一较力道！"

听得此言，乌号心中诧异，赶紧略略分开眼前大山，从仿佛一线天般的缝隙中向前察看。

只见一缕残月清光中，少年刚刚不知施了什么法术，竟已凝聚起两座巨大的冰山，寒光闪烁，大小倒和自己手中这两座宝山差不多！

等他又分开些山缝观看时，那两座冰山正缓缓朝这边移来，显见是那少年正勉力持山在手中，准备和自己比拼力量。

"哈！这法子倒不错！"见到这情形，乌号哑然失笑，心想道，"若是我老乌也学会了这冰冻法术，也不用满世界去寻什么合手名山了，早就随打随造了！不过啊——"

乌号嘴角浮出一丝嘲讽笑容，颇有些感慨地想道："要和我乌号拼力气……呵！到底是初出道没几百年的少年后生哇！"

正所谓"见猎心喜"，若是小言使出其他招数，巨灵乌号恐怕还疑神疑鬼不敢向前，现在一见小言竟想挑战自己最拿手的力气，乌号心中顿时一阵狂喜，心道要是拼力气，整个南海也找不出几个比自己力大之人，看来这少年还是年少气盛，念头想差了。

呵！如此一来，若是就此将他击垮，则这回不仅能救回自己那些被围在阵中的部属，还能顺手把无支祁将军的大仇给报了，到那时……

乌号一边想得流口水,一边挪动眼前大山,准备将二山高高举起,摆好山形,便于一下子将少年击垮打趴。于是这两座原本几乎密不透风的大山间,便出现了好宽一道峡谷——

说时迟那时快,还没等乌号脸上的得意笑容消散,他对面那两座寒光明烁的冰山后便蓦然闪出一条身影。还没等乌号反应过来,那道鬼魅般的身影便如一道轻烟般蹿到近前,紧接着便是一缕奇寒袭到。

"哇呀!"

伴随着一声惊天动地的号叫,本就心存敬畏的巨灵族族长被异样奇寒一激顿时吓得魂飞魄散,先前种种得意想法转眼烟消云散。他将手中宝山抛下,脚下急催波浪,眨眼间就以他这辈子从没有过的速度朝东南急速逃窜!

见他这样,那些原本还勉力抵抗的巨灵族族人瞬间崩溃,作鸟兽散!

"哈哈!"见自己的疑兵之法奏效,小言大乐,"还多亏南海替我多方宣扬! 我这'邪法'真管用,刚一出手就吓得他逃出千里远!"

小言一边将因抓过冰山冻得通红的手掌放在嘴边哈气,一边乐呵呵忖道:"呵! 还真别说,灵漪儿教我的这招冰心结,乍碰上还真有点像邪术——不过这可不敢跟她说!"

四渎水军主帅还在这样胡思乱想的时刻,这场临时决定、奇兵袭出的救援就此结束。

这一场战役,以炎洲投降、银光和流花二洲归顺四渎、惊澜洲主力大半被俘并损失名贵山丘两座宣告结束。从此,这座地理上为南海四岛十三洲中央枢纽的神树群岛,便完全置于四渎玄灵控制之下。

只不过此时小言还并不能完全明白这场战斗的全部意义,现在对他来说,最重要的事便是结阵守住刚刚夺取的神树云关,等待后方大军到来。

这时只不过子夜刚过，月光已被乌云隐去，整个神树群岛黑黑黝黝，传说中的碧气云光没见到，涌入口鼻的只有树木被烧焦的味道。除此之外，四下里海天如墨，风涛如泣，诡谲情状一如先前那片风波险恶的人鱼海妖礁岛。

置身于这样风波莫测的战场中，小言也是心中惕然，浑没多少心思听刚刚归降的炎洲兽灵首脑诚惶诚恐的剖白。

表面上保持着充分的礼貌，小言暗地里却竖起耳朵，留神倾听从远方吹来的海风中夹带的声音。因为，近来愈加敏锐的灵觉告诉他，今晚很可能还会有一件极不寻常的事情发生。

也许只有等许多日或者许多年后他才会知道，这一晚这一件不寻常之事，其实和这一场讨逆伐恶的战事本身并没多大关联，真正关联的，却是他或他亲近之人的切身命运！

第二章
吉光片羽，瑶台亲剪凤毛

"好像有人来了！"

就在神树群岛葱茏树木中的烈火渐渐平息之时，那个一直上奔下跳忙着泼水救火的琼容却忽从海面飞掠到小言近前，说出这句没头没脑的话。

"谁？什么人？"

还没等疑惑的少年话音落地，南边海水中一个两胁生鳍、尾带甲壳的水族斥候就破水飞游到近前，上气不接下气地跟他禀报："报！东南方计有火海一片，正朝这边烧来——"

伴随着斥候话语，原本漆黑黯淡的东南天空忽如失火一般，先是隐约现出些暗红，紧接着很快变亮，几乎只是转眼工夫，整个东南方夜空就像烧起火来，满天都是被映得通红的大团夜云。一刹那，就好像深沉的子夜忽然变成了艳霞满天的黄昏！

见这情形，不用斥候多解释小言也知道发生了什么事，望了东南满天的彤云一眼，他便简短问道："来了多少人？"

"不知，火势太快。"

"很好，你去一旁休息。"

看了一眼斥候尾巴上被烤得有些发红的甲壳,小言心道:"好快的火势!"

乍睹有如夕霞火烧的半边天空,不用任何人提醒,所有的军士都知道出现了新的敌情。一时间原本各司其职的妖神军卒全都放下手头事情,重新向神树群岛南边主将身后迅速集结。

只是,饶是他们动作已足够迅捷,东南方那把火烧到神树群岛时,仍有许多士兵还在嚷嚷闹闹地从各个树岛萍洲中朝外奔跑。当那些辟水苍狼骑拼命向南边开阔海面奔窜时,大火已经烧到眼前。

大约就在这夜子夜时分,一把小言这辈子从没见过的大火从东南海面烧来,转瞬便到了面前。

此时浩大无涯的南方海域上,左右铺开数十里地的火潮,明亮炽烈,汹涌燃烧的烈焰如同山崩海啸般吞噬着所经之处的一切,摧枯拉朽,前所未见。

若不是见到颜色赤艳鲜红,脸上肌肤又感到几分迫在眉睫的炽热,小言一时还有种错觉,以为眼前这吞天灭地汹涌澎湃的火海,只是上回浈阳城外海灵催起的巨潮! 可惜此时动荡无涯的海水仿佛不再是能浇灭烈火的克星,却像是成了助燃的火油!

火潮涌到近前,只不过一错愕间,小言已经迅速反应过来。

"呀! 难不成只是……"

离得近了,看清对面滔天火场中的情势,小言顿时满面愕然!

"是的,那只是一人!"

当横铺数十里的火潮涌到近前时,那个一贯只像睡着的龙君谋臣罔象终于睁目开口:"这人,正是南海八大浮城烈凰城城主凤凰女。凤凰神女单名一个'绚'字。烈凰城数百年来,也就只有她一人。"

"啊！"

听清老神话语，小言朝对面刚刚暂停的火潮看去，只见千万焰火潮头当中一人焰发火羽，宛如凤形！

明耀火光中看得分明，凤凰神女绚只齐腰以上才为人形，窈窕婀娜的腰脐下全是烈火虚影，数条璀璨流丽的尾羽在火中飞飘。

再看她上身，泛着艳光的肌肤被千万点熠熠闪耀的金色火星掩住，数条光丽流华的翎羽包裹在胸前，粉颈之上庄穆嫣丽的面容外千万缕赤艳艳的发丝朝四外辐射飞舞，浑身上下被周围火焰一映，正是绚丽不可方物！

瞻看之时，凤凰神女绚所在之处明绚灿耀，有如骄阳，如不是小言运起太华道力，又是目力极佳，恐怕即使两眼看盲也看不清凤凰神将的真实面目。

此时此刻，虽然四下里烈焰如潮，凤凰女绚脸上却是冰冷生硬，丝毫看不出任何喜怒哀乐。

攻到神树群岛前，只不过略略停下看清对面阵列样式，她便一言不发，重新带起身后的漫天火潮，直直朝小言这边迅猛攻来！

烈焰凤凰催成的神火灿丽夺目，动人心魄，只是此刻铺天盖水而来，却成了洪水猛兽，只要被它稍一接触，沉浸在它无限美丽中的人们便要灰飞烟灭。

"退！散！"

对面的凤凰神女刚一展动身形，小言便立时气贯丹田极力呼喝。

只不过一瞬间，他便判明形势：此刻对面火势如潮，迅如闪电，他们绝不可硬拼，只有四散避过风头之后，再徐图缓进，设法将万火之源的凤凰神女打倒，才可能真正熄灭这场焚天煮海的大火。

只是小言刚挥手喝令，才想转身，却忽听身旁一个声音脆生生地叫道：

"好大火！不过哥哥别怕,等琼容去跟那大姐姐打过!"

声音才一响起,小言心中便知不妙,伸手急捞,小姑娘身形却极快,已像道红色闪电般飞蹿出去,转眼就已扑入那片火海中。等小言反应过来急急朝那边看去时,却只见气焰熏天的大火已将娇小玲珑的身影吞没。

小言只觉得脑袋里嗡的一声,仿佛全身的血液转眼都已冲上头顶,直逼得他面色通红,双目尽赤。

情急之时,足下一踏已经热气蒸腾的海水,他便也想朝那片大火中冲去。时刻牢记自己主帅身份从不轻易踏入险地的少年主将,已经什么都顾不得,满脑子只想向前救人。

危急关头,火海与军阵间已发生许多变故,但从头至尾实际上也只不过如电光石火般的一瞬。

这时候满天烟火如故,迷人眼目,其中却忽然传出一连串脆响,叮叮当当不绝于耳!好似兵刃击打之声的脆响密集得就像爆豆,还没等小言反应过来便已戛然而止,全没了声响。

"琼容!"

听得如此,本就一颗心不住往下沉的小言心里顿时变得更加冰凉,脱口一声惊呼后便身形急射,顶着炙热的火浪热风朝对面扑去!

就在这时,却是异变陡生!原本气势汹汹攻来的铺天火潮,竟在脆响停止时突然停住,就好像一个人迟疑了一下,驻足片刻,便朝后悄悄退却。

"呀!"

异变陡生之际,弹身急进的小言还未展露讶异之情,忽觉一物撞入怀中,一惊之下本能伸手一推,却听得一个声音响起:"哥哥,是我啦!"

一听这抱怨声音,便知刚从火海中蹿出之人正是琼容。刚被推开的小丫头重又努力挨近小言,仰着脸兴奋表功:"我打赢了!瞧,还捡了战利品!"

兴奋得满面通红的小姑娘早已收起那两支朱雀神刃,抓着五六根光辉绚丽的羽毛,在那儿挥舞着大声问道:"好看吧?"

"……好看!"

凶猛的火海已像潮水般退去,即使此刻小姑娘手中挥舞的只是几根稻草,小言也会大赞漂亮。

称赞完琼容的战利品,小言便赶紧问起一件最要紧之事:"琼容你没受伤吧?"

"没!"粉妆玉琢的小姑娘上嘴唇下嘴唇轻快一碰,毫不迟疑地回答。

"这……"

真没想到,琼容居然打赢了!

不仅赢了,还赢得如此之快。自己身形已算迅捷,她却在自己还没赶到之前就打赢了。一想到这儿,小言心中震惊之情,便不亚于刚才乍见横卷一切的火潮之时。

和那些嘴巴张得几乎能塞下整只南海椰瓜的妖兵神将一样,即便到得此时,小言还是有些不敢相信这个事实!

小言心乱如麻地想道:"这这,琼容她……是,这小丫头往日是很离奇,可是再怎么离奇也不过是个小女娃,再怎么努力也不可能打败那个凤凰神将啊! 还赢得这么快! 要知道那可是一人一城的南海神灵啊!"

想到此处,小言再抬眼朝南边望去,发现滔天火浪已渐渐退去。依旧绚亮的火影中,那名绮丽神将离去的身影若隐若现,隐藏在大火中的一对煌烈羽翼已显露出来,正有节奏地一扬一落,分开四周重新合拢的凄迷夜色,拖曳下一路鲜丽残影。

虽然看上去从容依旧,但此刻凤凰神女迤逦而去的背影落在小言眼中,却感觉出有几分落寞。

"堂主哥哥!"

正看得有些出神时,却忽听身前琼容叫他。还沉浸在胜利喜悦中的小姑娘,丝毫没注意到别人的惊异,只管扬着手中那几根凤羽啧啧夸赞着,跟小言一心一意地说道:"瞧,这回捡来的东西漂亮吧!回去就请灵漪儿姐姐拿它们帮哥哥做一顶帽子!"

"……呵,还是不用了。"看了一眼金红耀眼丽气流动的凤凰翎羽,缓过神来的小言道,"琼容,这羽毛是你得来的,还是给你做顶羽冠吧,颜色大小正合适。"

"啊?谢谢哥哥!"琼容本就十分喜欢这几支华丽辉煌的凤羽,现在听小言说要给自己做羽冠,心里十分高兴。

高兴之余,便又信誓旦旦地跟疼爱她的哥哥保证道:"堂主哥哥请放心,下次再碰到那个凤凰姐姐,琼容一定帮你拔来更多毛,给哥哥做件过冬的棉袍!"

"呵,呵呵……"

当小言一如既往不知该如何回答小妹妹天真话语时,这场突如其来又忽然而去的变故就此结束。

若不是有几个勇猛的妖兵冲上去想乘胜追击,结果被凤凰神女身后恍如虚无的残影撕得粉碎,这场铺天盖地势若焚城的凤凰烈火几乎没伤到四渎玄灵兵众分毫。

不过,也正因看到那十数个腿快的军兵被那些凤凰残影撕成碎片,众人才终于确定,凤凰神将并不是浪得虚名。如此一来,那个主将小妹妹的本领……

"呀!"

前有寒冰城,现有凤凰女,这一对少年兄妹竟似战无不胜!

一想到这节,四渎玄灵一方的部卒固然更加敬服,那些新降的炎洲火光兽还有少数归降的惊澜洲巨灵,也全变得死心塌地,再也不敢有什么二心!

于是一时间无论是妖兵水卒还是掌军神将,离小言兄妹近些的全都踊跃上前,七嘴八舌地纷纷赞叹。

就这样喧喧嚷嚷又过了几个时辰,在晨光熹微之时,云中君从四处征集的大批援军终于赶来。大军交接之前,坐镇新得之地神树群岛的兄妹间,却发生了件说大不大、说小不小的怪事。

原来就在月色西沉、东方渐白之时,琼容正跟在小言身边四处巡视。巡游之时,琼容就好像得了新玩具的孩童,一直将那几根凤凰羽毛拿在手中耍玩,摆出各种角度,颠来倒去地观察羽片上的纹泽光芒,乐此不疲。

正当爱不释手之时,本来专心致志的琼容却忽然没头没脑地脱口问道:"咦,哥哥,你刚才教我读诗了吗?"

"嗯? 没有啊?"见琼容忽然问出这话,小言心中十分奇怪,便问道,"是什么诗啊?"

"是'仙子教炊灵芝饭,瑶台亲剪凤凰毛'!"

往日断文识字并不十分在行的小姑娘,此刻这句诗却是脱口而出,毫无阻滞。

"仙子教炊灵芝饭……"

听琼容念出诗句,小言在口中重复念了几遍,仔细想了半天,最后摇头答道:"没有。琼容,这句诗我还是第一次听到。不是你刚才新写的吗?"

"唔……"这时琼容想要摇头,却好像又觉得好生不对,竟一时愣在原地,表情十分困惑。

"呵!"见她这般为难,小言只是蔼然一笑,说道,"琼容,没什么奇怪的,别多想了。说起来妹妹你这些天跟着我四处奔波打仗,应该是倦了。这时候偶尔生出些幻觉,也在所难免啊。刚才这句突然想到的诗,很可能是你以前读过的经书，只是当时没记住，现在又突然想起来啦。其实你哥哥我也经常出现这样的状况啦！"

这样帮琼容排解着，看小姑娘脸上还有些疑惑，小言便说道："好吧，既然这样，那等天一亮我就送你回去吧。你去灵漪儿姐姐那儿好好睡一觉，醒来就没事了！"

"嗯……"

和往常一样，心思单纯的小姑娘对小言的提议点头称是。

只是，和往日有些不同，这一次从她口中蹦出的话语竟有些迟疑。这个从无多少心事的小姑娘，此时竟有些神思不定。

略去这些细枝末节不提，大约卯时之初，随着后方四渎大队人马到来，那枚在东方海面下浮沉了许久的朝阳终于挣脱大海的束缚，从浩荡波涛中使劲蹦出，将千万缕温暖和煦的旭日光辉洒播在浩渺无涯的海波上。

当第一缕明灿的阳光从东方照来，为神树群岛辛苦了一夜的四海堂堂主，才终于看清自己所处之地的真实面目。

这一次他才终于明白，原来碧海青萍、云关翠木，真是南海最美之处！

第三章
神木凝碧,树欲静风不止

海日的光芒穿透云霞朝神树群岛照来,被烟熏火燎了一夜的南海神树群岛便在刹那间苏醒。

旭日的光辉灿烂明亮,将万顷波涛中的巨大神木照得通明翠碧,在那些遨游天际巡视四方的四渎战士眼里,整个群岛便像是大意的天神将一串碧玉雕成的明珠,遗落在风波万里的海洋里。

这样的旭日光辉,又仿佛带着某种神奇的魔力。当其中一缕照在诸木之母"云神树"高耸入云的树冠上时,正在洲岛翠木间忙着浇灭余火的征伐大军,突然感觉到脚下一阵震动,然后便听到天空中传来一个响彻云天的声音:"谢——"

洪钟般的"谢"字悠远浑厚,余音绵长,声音虽大,听入耳中却觉得无比舒坦。

在这声邈远悠长的道谢声里,洲岛上忙碌的军兵们惊奇地看到,附近神树枝叶中隐藏的那几点顽强的余火,忽然间无风自灭,许多被烧去一大半的焦黑枝干迅速伸展,转眼便生出浓茂的枝叶。

这些新枝嫩叶翠绿欲滴,就好像它们从来没经历过大火焚烤一样。

在这之后，巨大神木荫蔽下的援兵们忽然感到脸上有点清凉，转眼便见到从云霭缭绕的树顶间降下一场绵绵的细雨。等口中尝过仙露般甘醇的雨水，再去问那位见多识广的罔象老神仙，众军丁才知道周围淅淅沥沥下着的清碧甘霖，正是南海云神树百年难得一下的灵浆仙雨，名为碧霖。

不用说，这碧霖甘雨，正是南海神木对这些救护洲岛之人的感恩赠礼。

淅淅细雨中，接过雀跃的琼容用树叶小心翼翼接来的碧霖，口中吸入造化自然的清甜甘霖时，小言满心欢喜地看到，刚才神情恍恍的小姑娘已经一扫先前的茫然，重又变回到原先单纯快乐的样子。

在碧雨中欢然畅饮，等到雨散云收日光分明之时，小言朝四下一番瞻望，这才知道为何南海巨木构成的树岛海域会被称为翡翠海。

携着已恢复常态的琼容，小言站立到云神树高入云端的树冠枝叶间朝四外观看，只见脚下海水此刻正呈现出一种离奇的颜色分布：

举目远眺，在目力可及的大多数范围内，动荡不安的海水呈现出一种暗蓝的色彩。一个个涌起的波峰在视野中投下许多深蓝的暗影，仿佛有无数条黑鳞的巨鱼在大海中游弋。

掠过深色的海波向远方极目眺望，在海与天相接之处，天和水的界限逐渐模糊，深邃的海水逐渐转淡，仿佛在大海深处正氤氲起淡淡的薄雾，掩去海涛的几分幽重之色，让它逐渐与天空的色彩混合。

此时东边的天空依旧被霞光照耀得璀璨明透，但整个浩大无穷的海天中所有的瑰丽云霞，却似乎都在朝东天汇聚。更加浩阔无垠的天空中，正留下一大片湛蓝的空处。于是便像在与下方的海波相应和，整个天空中碧蓝的颜色也都在朝上方汇聚，越接近下方海波处，天空变得越明透，从湛蓝，变鲜蓝、碧蓝、粉蓝，直到天水相接处几乎分不太清的淡青色。

如果说这一气势磅礴的海天色泽与别处也没有太大的不同，等小言将目光收到近前,回到自己身边刚刚为之奋战一夜的通灵神树群岛时,见多识广的少年仍是眼前一亮。那一刻就好似俗世凡人见到倾城公主、海国波臣见到四渎龙女一样,忍不住觉得惊心动魄、神荡魂摇。

一般而言,明快清幽的绿色总给人以宁静安详的感觉,但不知何故,眼前浅绿深青的神树群岛却显现出一种浓烈的翠色,仿佛是一坛酝酿千年的碧酒在这一刻倾倒溢流,将四旁海水的暗色瞬间冲荡,代之一种明丽轻灵的颜色。

就好像鬼斧神工的造化之神行至此处,觉得烟涛万里的大洋深处颇有些寂寞单调,便撒下几块通明澄碧的翡翠,精心摆放成月弧一样的形状。

仿佛只有自然神灵才能调和出的澄明翠色,此刻落在小言眼里,觉得鲜明得竟有些刺眼。这样娇艳的翠绿仿佛只该在梦境中才能见到,此时在朗朗白日之下,竟真真切切地看到了,一时反倒让他觉得有些局促不安起来。

如此鲜丽的色彩,每多看一眼便是种豪奢的挥霍,何况梦幻般的澄翠背景上,还点缀着优雅如仙的雪色禽鸟!

总之,登高远观、踏树俯瞰之时,眼前明湖沧海的万千气象落在小言眼中,真个是:

流沫千里,

万流来同。

含三河而纳四渎,

朝五湖而夕九江。

涌云天之苍茫,

邈浩浩以汤汤。

一时间小言只觉得自己胸襟俱阔，意动神驰，仿佛整个人都要随扑面而来的长风飘摇而起，御风飞翔。

目眩神迷之外，小言身临其境后才体会到，对于须臾百里的灵族大军来说，风景如画的神树群岛，不仅是南海的地理中枢，还是东南龙域的屏障门户。

此刻登高望远，脚下神树青萍组成的大小洲岛，正沿着东北—西南的方向均匀排布。优美如月的岛链，正向西北弯成垂挂项链的形状。翡翠缀成的项链底端，镶着一块最大的翠玉，便是自己所立的云神树岛。

从现在这个角度看去，整个神树群岛就像以自己脚下的云神树为中心展开的两条臂膀，正向东南龙域遥遥抱去。这般看来，神树岛为战略要冲，位置果然十分重要。

只是，正因这个缘因，昨晚那些海族神灵就忍心对这样夺天地造化的美景胜地放火焚烧？心中忽想到这个问题，向来行事不拘的道门堂主思索再三，最后还是觉得若是换成自己，即使同是在一抹黑的暗夜里，还是下不了手的。

小言和琼容这对出生入死的兄妹，在云蒸雾绕的树冠并肩伫立，于微咸的海风中怀着各自的心事，静静地观看，一任海风扑面，飘飘吹裳。

当东边的海日升到大约离海面有一竹竿距离时，由黄河水神冰夷、淮河水神渫邪、汶川水神奇相率领的四渎大军，便从西北方浩浩荡荡地开来。大军到来，小言这次自揽的任务便告完成，翠树云关神树群岛的防守职责，就此全盘交给冰夷、渫邪等人。

交接之时，一向冷眼冷面的水伯冰夷也缓下神色，向又立新功的小言传达了四渎龙君的嘉奖之情。

云中君夸奖说，小言能临阵随机应变，当机立断，勇于担当，颇有他当年之风。四渎龙君又通过冰夷之口正式为小言记下一功,嘉奖他为内陆水族攻打南海夺下一块宝贵驻地。

直到这时小言才知道,原来刚才看到的那些明如翡翠的碧绿水泊,还是些淡水湖。和四周那些泾渭分明的海水不同,翡翠海中之水都是淡水,这对内陆出身的四渎水族战士来说极为重要。

虽然炼化成人形之后,咸水淡水对四渎水族战士来说并没多大分别,但若是在咸涩海水中待得时间太长,身体还是会有些不适。这种情况下,小言能在海洋深处夺下这么一大片淡水港湾,对水土不服的讨伐大军来说真是天大之功!

再说以冰夷为首的内陆水神,等跟小言、冈象几人一番叙话后,便和他们一起去海洲主岛云神树阔大的枝干上,向南海诸木之母郑重转达四渎神龙云中君的问候之情。

这一回随冰夷主力大军前来的还有位重要人物,正是四渎中尊贵的公主灵漪儿。

等那些一本正经的繁琐公事完成,在一旁早就耐不住的灵漪儿便一把拉住小言,唤过琼容,一起兴冲冲地去往树岛各处游览。

看起来龙女灵漪儿以前常来此地,对各处胜景轻车熟路,一路寻幽访胜,细心讲解,让小言大开眼界。

这样一路悠然闲行,过了大约半晌工夫,三人也有些累了,便在灵漪儿提议下去了一处树屋憩息。

在一株仰望看不到尽头的巨木前停下,沿着交错的树藤挽成的阶梯盘旋而上,大约升得百寻,小言三人便来到一根平坦开阔的巨大枝丫上。

攀上阔枝,小言才发现这根向南的巨枝上,掩映的绿叶中有一座小小木屋,听灵漪儿说应是蝶女蜂人修成的。

从木屋圆窗洞看进去,其中床椅宛然,诸般用具皆全。树屋前,横着一道水槽,槽旁有一座水车轮转不绝。

一到树屋前,两个女孩一眼就瞥见了屋中那些蝶女蜂人做给未出世子女玩耍的玩具,顿时便欢呼一声雀跃进去,拿起来查看玩耍,咯咯咯笑个不停。

见人前高贵矜持的龙女灵漪儿,童心也和琼容一般强,小言倒有些哭笑不得。他并不进屋,只站在外面这道流水潺潺的高空水槽前,闲看其中原理。

这座建于南海千寻神木之上的高空水车,原理并不繁难,小言很快便看明白了。一时不得知晓的,是这巨大藤圈究竟靠什么动力驱驰,居然能在树屋主人人去楼空后还能自行运转。

正当好学少年站在悬空树屋前用心观察水车结构时,却忽然听到身后木屋中传来一声惊呼:"哎呀! 琼容你居然受伤啦!"

"啊?"一听灵漪儿之言,小言大吃一惊,赶紧不再研究眼前水车,飞身进入身后树屋,对两个慌作一团的女孩叫道,"哪儿受伤了? 琼容你快过来给哥看看!"

一听小言说话,琼容赶紧低头走到小言近前,低着小脑袋哽咽说道:"刚,刚才灵漪儿姐姐说了,我,我……"

"怎么啦?"小言万般焦急。

"我头发被那个凤凰姐姐烧掉了一片! 呜!"

"这样啊……"虽然琼容语声悲戚,小言悬着的一颗心却顿时放下,忍不住脱口说道,"还好还好,也不是什么大事……"

"啊!"话音未落,却听灵漪儿又是一声惊呼,"怎么不是大事呀? 小言,你可别小看这事哟! 对我们女孩子来说,少了好几十根好看的头发,那还不是大事？何况琼容妹妹被烧焦的头发正在额前，会影响容颜的！琼容你说是吧？"

"嗯！"听完这话，小丫头在小言与灵漪儿之间摇头晃脑，也不知道是在跟谁说。

于是接下来，碰到"大事件"的两个女孩就在一旁叽叽喳喳地察看伤情，商量对策，忙个不停。一时间刚刚还在驱策万军的四海堂堂主，倒被冷落在一旁，束手无策，无所事事。

不过他这样袖手旁观并没持续多久，这一桩突如其来的纷扰，在两个神通广大的女孩施法下很快便告解决。

灵漪儿给琼容悉心检查那片指甲盖般大小的焦黄头发时，低着头配合的小姑娘忽然记起一事，便小手望空一抓，将昨晚那几支一直不知藏在何处的凤凰羽毛拿出来，献宝一样递给灵漪儿姐姐看。灵漪儿一看之下，当即灵机一动，计上心头。

"琼容妹妹，这几支凤羽很漂亮，戴上一定很好看！姐姐现在就帮你缀起来做顶羽冠，正好挡住那片头发，等它们慢慢长起来！"

最近正沉浸于女红针织中的灵漪儿说这话时，十分自信。

听了她这话，琼容自然非常开心，当即破涕为笑，小脸蛋变得红扑扑的，十分可爱。

又过了一会儿，高树阁楼外下起了淅沥沥的细雨，窗外一时间迷蒙一片。烟雨声中，小屋里却忽然安静下来，仿佛这时整个天地中只剩静室一间……

且不提这边升平乐事、烟雨树屋，再说此刻数千里外那片南海龙域之中，巍峨空廓的议事之所镇海殿里，回荡着一个愤怒的声音。

"绚将军！"说话之人叱喝如雷，"谁允你擅离职守？谁准你轻举妄动？

难道本侯的话你们都当成了耳旁风？"

甚少发怒的南海水侯孟章，此刻咆哮如雷，暴怒的声音在高大空旷的神殿中回荡不绝。

见水侯震怒，站立在白玉阶下的神将水臣们全都垂手低头，战战兢兢，噤若寒蝉。

此时站在镇海殿中的文武神灵，虽然表面噤口不言，但大家内心里其实都明白，此刻白玉阶头黄金宝座前那个威武的水侯，暴跳如雷其实另有原因。

原本应是顺利撤退的己方阵营，不料却分裂对战，最后不光银光、流花二洲叛逃，连本应毁去的南海中枢神树群岛也被四渎水军占去。不用说，前后只来得及放火烧了半夜，以云神树和她那些子子孙孙的恢复能力，整个翡翠海域的生灵不到半天就能恢复。

水侯真正恼怒的正是这一点，只是有关南海颜面，在当前连吃败仗的情势下自然不便明言。

在这种情况下，昨晚好心去救援的凤凰女神将便成了替死鬼。被主公一顿劈头盖脸地责怪下来，凤凰神女却丝毫不能反驳。

这样倒霉的情形，幸好是被常年神色不变的凤凰神女摊上，要是换了另一位神将，那一张脸早不知臊到哪儿去了！

不管怎样，此刻无论是下面那些默不作声的神将，还是上面那位呵斥正欢的主公，其实内心里都非常尴尬，不知此事该如何完满收场。

正当进退两难的时刻，大殿外忽然传来一阵清朗洪亮的声音："孟君侯此言差矣——"

此人未曾入殿，头一句便是反驳水侯，殿中众人脸上全都一时动容。只听那人继续说道："孟君侯，这一回凤凰铩羽而归，账应该记在他人头上！"

"哦?"

随着水侯孟章这一声仍带着怒气的沉声反诘,殿内所有毕恭毕敬之人全都转脸朝殿门望去,要看清胆大包天说真话的高人是谁。

带着门外光辉昂然入殿的神灵,丝毫不顾众人目光,只顾扬声答言:"禀君侯,依本座看,凤凰她一招落败,丢失数羽,只斩落对手一缕毛发,说明对手战力委实惊人。恐怕这女童神力,更在那狡黠少年之上!"

此人一边飘然而行,一边侃侃而谈:"再听诸位大人先前之言,那少年本就智力双全,再加上这个形影不离的强援,正是如虎添翼。据说那少年又狡计多端,恐怕我等是一时治他不着。因此为今之计,还得——"

说到此处,负手昂扬而行的神灵顿下话头,环顾四方一眼,才又继续面向水侯孟章胸有成竹地说道:"因此为今之计,还得落在那个女娃身上!"

第四章
丰俭神灵，携风雨以逍遥

"孟君侯此言差矣！"

浩瀚南海大洋中，有几个人敢这样跟水侯说话？镇海神殿中大多数水臣神将，也不过知道龙侯之父南海老龙神一人而已。

偌大的镇海殿中，此刻只有龙灵子等寥寥数人，才能从这放荡不羁的语气中猜出来人是谁。这个敢直言反驳水侯之人，正是南海龙神八部将之一、位列八大浮城上三城城主的冥雨公子，名号"骏台"。

原来，作为南海龙域最强大最神秘的战力，龙神八部将驱驰的南海八大浮城也分等级。

战力稍低的三城，也称作三大关，分别是风灵关、焱霞关、巨雷关，这三关合起来称为"风火雷三关"。

战力稍强的寒冰城、烈凰城，合称为"冷焰双城"。

余下的三座浮城则名号稍显古怪，并不以城关为号，而唤作"豢龙之冈""红泉丹丘""冥雨之乡"。这三城合在一处，号为南海龙域"上三城"。

南海八大浮城，除了已被四渎俘虏的寒冰城、刚被琼容击退的烈凰城，其他六城的镇守神将依次是：

风灵关驱策五百风生兽的飞廉神

焱霞关吞霞吐焰的祸斗神

巨雷关擅能落雷的犸雷神

獒龙之冈驯养千万残暴蛟龙的磐犰灵将

红泉丹丘烈焰沸海的毕方灵将

冥雨之乡呼风唤雨的骏台灵将

在战力最强的上三城城守中,孟章近臣磐犰众人常见,另外两城城主则极为神秘。无论是红泉丹丘中传说的火灾神灵毕方,还是冥雨之乡中能操控云雾风雨的冥雨公子骏台,除了他们自己的部属,整个南海龙域中见过他们之人寥寥无几。

因此,等这位冥雨城主携风带雨飘摇入殿时,众神灵全都面面相觑,不知此人是谁。

这时正焦躁的孟章一听冥雨公子到来,眼前一亮,急忙停住口中怨言,大步跨下几级殿阶,大笑迎接道:"哈,骏台老弟许久不见! 怎么,难道现在我方战局如此不利,竟引得雨师公子离了雨乡福地,亲来镇海殿?"

"哈哈,君侯说笑了!"

听君侯打趣,风度翩翩的冥雨公子同样哈哈一笑,也不多言,便在龙宫宫娥依命搬来的一只珊瑚绣墩上坐下。

"哦! 原来此人便是冥雨之乡的城主。"

听过殿上主臣二人这番简短对话,玉阶下大殿中站立的神将水臣们这时才知道,原来这位不卑不亢的高傲神人,正是南海中最神秘的神灵之一冥雨乡主。

直到这时，大殿中文武神灵们才突然意识到，当长裳华服、貌极俊朗的冥雨公子坐下时，那一缕一直在自己耳边萦绕的钟磬丝竹之声才悄然停下。

原来飘然入殿的佳公子，华服上缀着不少碧玉雕成的佩饰，他入殿一路前行时，风过玉管，环佩相击，便好像奏起一曲浑然天成的乐曲。

见冥雨乡主这番气象，大多数消息灵通的殿中神灵，便不约而同地想起一个说法来。

传说中，这个貌类青年的冥雨乡主虽然神力渊不可测，属下又有三千雨师呼风唤雨，所向披靡，但本人极好美乐华服。

根据从各种渠道听来的消息，说他在南海中几乎不怎么现身，只耽于人间礼乐诗书，品性高雅，不太愿与南海中其他神灵为伍。因为在他眼中，大部分所谓的神灵只不过是妖灵而已。

心里想着这些念头，海神们再朝殿上望去，便发现虽然现在还看不出冥雨公子是否真的眼高于顶、倨傲无俦，但只看他今日打扮、嗜好华服、耽于礼乐的传闻便大抵不假。

原来此时殿上长身颀伟的丰俊神灵，着一身雪白鲛绡织银大袖罩袍，上绣着青翠修竹金灿葵花，腰间束一条紫玉镶珠獬蛮带，头顶黑玉束发金蝉冠，足下一双踏海分波逍遥履，再加全身多处佩上玉琛玉佩玉管，真个是琳琅满目华丽无比！

就在白玉殿阶下这些海神水臣打量殿上神人时，孟章正跟骏台询问："骏台老弟，刚才听你说，当下战局须落在那小女娃身上，不知能否给本侯详细解说一番？"

孟章对眼前这位永葆青春的海神十分敬重，语气颇为客气。

"呵，是这样——"骏台公子提到眼前战事，语气也变得严肃起来。只听他不疾不徐地说道："禀君侯，这些天虽然我冥雨泽军并无征战任务，但骏台仍忧心战局,便在一旁暗暗留心,数天下来,倒也颇有心得。"

"哦?有何心得?快快说来!"

"主公莫急。若观双方具体战力,我南海本不应速败如此,究其本源,便出在杀死无支祁将军的少年身上。那个突然崛起的少年神将,正是此战最大的变数!"

"嗯,这个本侯也大抵明白,只是这和那小女童有什么关系?"

"很有关系!"冥雨乡主斩钉截铁断言道,"那少年能影响战局,而这小女娃又能影响少年!"

一言说罢,见眼前主公神色仍不是十分明白,冥雨乡主便耐心解释道:"是这样,据微臣所学所思得知,这天地万物皆有关联,无论是云山土石,还是草木生灵,都不可独立存在,它们之间,总是要相互依存。

"换言之,两个看似毫无关联的人物,哪怕相互远隔万里,只要其间有所关联,则只要其中一方有轻微变化,另外那一方就一定会受它影响。至于影响大小,则要看具体的机缘。"

骏台这番言论甚是新奇,此刻无论殿上殿下,众神皆寂静无语,只听他一人侃侃而谈:"而这世间万物,或毁或立,是成是败,又皆有运数。这运数本身也在万物之属,便也和其他万物关联。在这关联运数的万物之间,其中又有一二最为关键,往往它们的存在消亡,便决定运数的存亡荣枯。孟君侯——"

一番极为抽象的议论说到这儿,冥雨乡主忽然语调一转,跟正听得入神的南海水侯问道:"请问君侯,难道您不觉得奇怪?一个山野出身的乡村少年,前后不过几年工夫,就入名山、访名师、修至玄、理至道,更可参与我等神人争战,还没如何出手,就在战局开始之时打死一名上古神将。孟君侯难道从未想过其中古怪?"

"呃，难道你是说……"

孟章也是聪明绝顶之人，虽然刚才冥雨公子说的话和他的法术一样云遮雾罩，但孟章很快便想清楚了其中缘由。

"不错！"骏台张嘴一笑，露出两排洁白牙齿，接言说道，"想必君侯也猜到了，那个力量广大的女童琼容，正是那张姓少年一生气运的关键！"

"哦？那岂不是只要我们将那女童降服，张姓恶贼便不战自灭，再不能影响眼前战局？"

冥雨神将一席话，就好似拨云见日般为孟章解开了困扰十数天的心结。

于是孟章便用着极少有的激动语气连声说道："怪不得！怪不得！我说这战事怎么会一边倒。想一想敌我双方战备，四渎老贼固然处心积虑，我南海却也是经营良久，无论如何也不会一开战我南海就节节败退！"

一口气说到这儿，高高在上的水侯也察觉到自己说话太快有失威仪，便放缓了语调，威严说道："骏台之意吾已知之。那张姓小贼，奸猾非常，一时不易擒拿。那琼容女娃，虽然神通广大，但心智只及幼童，倒不妨设法将她捉拿。呃，如何将她擒拿，骏台老弟你可有良策？"

此时此刻，突然造访的冥雨神将好像已成了南海救星，孟章对他言听计从。

听主公相问，志得意满的骏台公子露齿一笑，毫不谦逊地说道："君侯无须苦恼，臣心中早有谋划。依我这些天所见所闻，知道那张琼容心智不高，又有一大弱点——不知是否曾被那少年用了什么法子洗脑，不论何事都唯他是从！

"据几个从她手下逃生的军兵说，那女娃操控神雀力量非常，战力看起来似乎更胜那少年一筹。但不知何故，总喜欢夸耀她那少年义兄的本领，还特别喜欢强调他们兄妹间的亲密关系。告诉我这些消息的海灵，正是因为当时不惜违背本心附和了那女娃几句,才能从她手中死里逃生!"

"好,既然如此——"即便此刻,孟章也不想提太多和南海战败有关的事,便截住冥雨公子话头,直接问道,"那你有何建议?"

"呵……"听主公相问,一直口若悬河的翩翩神将,泛着一脸明灿自信的笑容从容说道,"水侯大人,此事症结,正在那女娃对她义兄十分依恋上,因此,这一回我不得不亲自跑一趟了……"

俊雅非凡的冥雨公子脸上浮现出高贵优雅的笑容,梦呓一般的话语回荡在整座高大的白玉神殿中:"唔……海乡寂寞,风雨如愁,看来我也要找一个人陪伴了……"

且不说冥雨公子骏台在南海议事神殿中自言自语,再说数千里之外那座神树群岛。

此刻在那株百寻神木树屋中休憩的兄妹二人,还不知有人正将主意打到了他们头上。

在树屋中静坐休憩,闲聊了有一个多时辰,窗外如烟如雾的细雨才渐渐止住。

云开日出,眨眼间明亮的阳光便从树屋顶上的枝叶中透下来,将几片低低探在窗前的绿叶照得通体透明,看上去好像是翡翠琉璃雕成。

在树屋中静坐了这么长时间,此时小言几个都有些静极思动,便在灵漪儿提议下一起离开树屋,准备去树底下那些翠岛萍洲中闲游。

从木屋中出来,小言和灵漪儿二人老老实实地从那个环绕树干的藤梯攀缘而下,片刻工夫后便重回到神木脚下的树岛上。只是,等小言脚踏实地后一回头,只瞧见灵漪儿站在身后,琼容却杳然无踪。

"奇怪! 去哪儿了?"小言心中嘀咕,一抬头,恰好看见小丫头正在天上跟他挤眉弄眼使劲招手:"小言哥哥、灵漪儿姐姐! 我在这儿,我在这儿呢!"

"危险！"

原来此刻琼容正在小言先前仔细研究的那座水车上，两脚并齐踏在一块木板上，看样子是想随着不停旋转的水车一起转下来。

"唉，真是贪玩！"

见如此，小言只好赶紧跑到水车正下方一侧的湖岸上，仰着脸紧紧盯着琼容下降的身形，随着她的位置不断来回移动脚步，随时准备待她摔下时将她接住。

大约又过了半刻工夫，胆大贪玩的小姑娘才终于随着水车缓缓降落到小言跟前。

胆大的小丫头，在脚下木板几乎快全部浸到湖水中时，才啾一声蹦到湖岸上，扑到小言怀中。

"琼容！"看着身前还有些晕晕乎乎的小妹妹，小言尽力板起脸，严肃说道，"以后可不许这样贪玩！"

"为什么？"琼容迷惑不解，仰脸问话。

"唉，你不晓得，要不是你身子不重，恐怕早把人家的水车踩坏了，到时候哥哥又要去赔！"

小言说这话的本意，只是觉得直接的警告对这个胆大包天的小姑娘毫不管用，说不定还会激起她的好胜之心，因此，还不如扯上自己，反正一提自己会跟着倒霉，她便立即不敢了。

这一番良苦用心，果然奏效，话音刚落，琼容便吐了下舌头，有些不好意思地说道："嘻……知道错了，下次不敢了！"

"嗯，知错就好——嗯？"

虽然教育有效，但小言高兴得还是太早，刚要转身招呼灵漪儿一起离去，却忽见灵漪儿看着他，神情无比凝重："小言，琼容可以，我也行哦！"

"呃?"

小言闻言便知不妙,才要阻拦,却见灵漪儿早已一跺脚翩然而起,裙带飘飘飞入半空,然后如蜻蜓点水般轻轻地落在水车一块木板边缘,随水车冉冉而下。缓缓下降时,她纤腰微颤,衣裙下摆随横身而过的清风翩翩飞舞,姿态极其飘逸袅娜。

"嘻!"等半按着裙裾的女孩也终于安全到达湖岸时,抿嘴一笑,郑重问小言,"怎么样? 我也不重吧?"

"唉,"听灵漪儿问询,小言却一脸苦笑,道,"灵漪儿啊,我还是看得提心吊胆!"

"哼!"灵漪儿闻言,正待生气,却见小言忽然扬眉哈哈大笑:"哈,我提心吊胆,自然是怕你会被风吹走,又要费得我和琼容一番好找啊!"

"嘻……算你眼光准,会说话!"

听小言如此回答,对自己身姿轻盈程度十分在意的龙族公主,不禁听得暗生欢喜。

就在灵漪儿和小言打趣对答时,琼容也在旁边松了一口气,嘀嘀咕咕说道:"幸好,幸好,灵漪儿姐姐也没踩坏,小言哥哥便不用去赔了。"

自言自语说着,琼容便蹦蹦跳跳地朝前跑去,紧紧跟在小言、灵漪儿二人身后,一起朝翠木荫蔽的树岛深处行去。

灵漪儿告诉小言和琼容,前面再往里走走,就会有一处风景好看的水湖,湖里面盛开了很多白莲花。刚从树屋出来觉得有些热,也有些饿了,灵漪儿便叫了些好吃的,准备放在木盘中浮在花湖里,大家一边吃东西一边赏景,正是一举两得!

"灵漪儿姐姐真聪明啊!"一路蹦蹦跳跳着前行,琼容心里对她的龙女姐姐十分佩服,决定以后要向她好好学习。

这时候已到中午,南海大洋中的阳光明亮而炽烈,即使穿过重重的枝叶,照到人面前也让人觉得十分晃眼。

一路行走,明烈的日光在颠颠赶路的小姑娘身后筛下一路金色的碎影。耳中再听着花草树丛中短一声长一声的蝉虫鸣叫,专心赶路的三人,一时全忘了迷离树影外浩瀚大洋中的巨浪风涛……

第五章
寄情鱼鸟，惊破三生蝶梦

　　小言这一行人在日影斑驳的树荫里停停走走，一路朝灵漪儿推荐的那汪碧湖行去。

　　神树生成的海岛，道路也与别处不同，长着繁茂绿叶的枝条从高高的树干低垂到地面，交错堆叠，在他们脚下铺成一条绿色的通道，踩上去时一路沙沙沙地响个不停。

　　在他们头顶，高大的树冠下面千百条大拇指粗的树藤在空中纠结成各种图案，藤上攀缘跳荡着许多毛色奇异的猕猴。

　　这些海外仙洲的灵猕，体态玲珑，毛色大多洁白如雪。一路行时，偶尔才能看见一两只金色的异种，遍体生着金黄茸毛，只有两眼和嘴边各围着一圈黑色的茸毛，像是通宵后将眼圈熬得发黑，然后又吃了琼容亲自下厨烙的大饼，嘴边便沾满黑黑的焦皮。

　　眼中观赏着前所未见的异兽，耳里听着啁啾悦耳的鸟鸣，不知不觉三人就接近了那处深林秘境。

　　走过一条横躺在地表的巨树根筋，又穿过许多树藤挽成的天然走廊，那汪人迹罕至的碧湖便呈现在他们面前。

等走出林中小径来到开满野花的湖岸，小言只觉得一股清爽水汽迎面扑来，顿时把自己身上的暑气一扫而空。

"好清的湖水！"

饶是先前已对全岛水源有了个大概了解，但等亲身站到密林深处的碧湖跟前，小言还是忍不住脱口赞叹！

此时他眼前这片神树环绕中的湖泊，澄净清澈，宛如明镜。

他以上佳的眼力凝目看去时，在湖水中仍找不到一丝杂质。

清澄到底的湖水，在周围绿意盎然的海树围绕下，折射出一种明翠的丽光。若不是偶尔清风徐来，将宁静的湖面吹出潋滟的波光，小言还以为在自己眼前的正是一块巨大的碧色琉璃。

在这块碧光凝滞的琉璃上，生着小半片白色的莲荷。田田的荷花阵中莲叶青碧，莲花粉白，绿深白浅间花气缤纷，正是宜人。

正当小言沉浸于眼前美景时，见识过无数奇景的四渎龙女，已在一蓬亭亭莲叶间找到了先前吩咐侍女备下的食盘。

刚才他们一路悠然慢行，也正是为了让那些随侍她的龙宫仙女有时间从容准备。

他们面前，浮着几只楠木食盘，其中摆满花汁露酒，美味珍馐。每当小言或是琼容从盘中取食时，这几只雕成荷叶形状的楠木食盘，便在清碧湖水中上下晃漾，向四围散出一圈圈涟纹。

小言和琼容享用美食时，灵漪儿只在一旁静静相陪，偶尔才从盘中取出一两只果点，或是喝几口百花露酒。用她的话说，因为早上来神树群岛前她已经吃过早餐，为了身体康健，现在就不用吃太多了。

说起来，从昨天下午开始小言便率领妖神大军一路西进，然后又折转东南与人对敌，真是风尘仆仆不得空闲，等此刻置身明湖，才忽然发觉自己腹中饥饿难熬。

因此，等正式开始用餐，小言便狼吞虎咽起来，也顾不得在琼容面前保持兄长风度，只顾着和她一块儿忙不迭地夹菜吃菜。一时间，旁观的灵漪儿面前箸筷翻飞，直看得她目瞪口呆！

如此暴饮暴食，直等灵漪儿提醒过好几遍，肚中填充过充足食物之后，小言才略略停下手来。

从面前湖中撩起一捧清水，抹了抹嘴，他才接过灵漪儿斟满递来的一杯清露百花酒，开始慢条斯理地品尝起来。

"琼容，慢些吃。"这时候四海堂堂主终于记起自己的教化职责来，便提醒眼前专心进食的小姑娘。

听得哥哥提醒，琼容也立即放慢食速，开始减缓将一枚枚甘甜莲子放入小嘴中的速度。

见这样，小言十分满意："嗯，这样从容进食才是好习惯！"

"嘻！"灵漪儿见小言这会儿反倒一本正经起来，便在一旁捂嘴偷笑。

享受着海外神湖彻骨的清凉，此情此景如何不教人心旷神怡？一时间小言仿佛忘却了所有的烦恼忧愁，视野中只有景色绝佳的莲湖。

这时，绿荫环绕的莲湖中飘来一丝若有若无的清风，漫过微漪的湖面，向举杯闲饮的小言轻轻拂来。藕丝一样的清风从远处层叠的荷阵中生起，将几丝清甜的荷香酝酿在风里，吹到小言跟前时已变得清醇无比。

这一缕清醇甘凉的风息，恰似扫愁的寻钓诗的钩，当它沁入肌理心脾之时，连日来被许多沉重忙碌压抑得极少真正快乐起来的风雅少年，忽然只觉得心胸俱畅，块垒全消。

这时，当年饶州季家私塾的学生诗情大发，对眼前两个女孩欢然说道："灵漪儿、琼容，好久没听过我念诗了吧？"

"唔唔,是啊!"

"有兴趣听吗?"

"有有!"

听得小言之言,嘴里还塞着食物的琼容忙不迭地含混回答。

灵漪儿则欣喜问道:"小言,你是要为眼前湖景赋诗吗?"

"哈!"听了灵漪儿之言,小言却是哈哈一笑,快活说道,"不是,不是为景色赋诗。我眼前这俩女孩,宛若画中仙,更比美景胜十分,因此这诗歌,只得赋她们了!"

"好啊好啊!"听到这里琼容赶忙彻底放下手中美食,给堂主哥哥鼓掌叫好。

"嗯,好了,听着,这第一首诗就写给你灵漪儿姐姐——"

小言虽然此刻面对琼容,却是说给两人听的:"灵漪儿,你是——

不屑人间胭脂粉,

翩翩别有美风姿。

相携一笑浑无语,

等闲一笑万人痴!

——如何?"

小言诵完,便问灵漪儿。

却见豪爽的龙族公主晕生双颊,满面霞飞,檀口中如蚊吟般低低回道:"诗是好诗,只是赞得太过……"

"好诗!"这却是小姑娘在拍手欢叫,"好诗好诗!可是哥哥说有两个女孩像仙子,灵漪儿姐姐一个,另一个在哪儿呢?"

"……真是个可爱的傻丫头！"

见琼容如此娇憨可爱，小言心中刚才还拿不太准的一两句，已有了定稿。

只听他清声说道："琼容，另一个画中仙，就是你啊！琼容你听好，这首诗是哥哥专门送给你的：

　　　　桃露不堪争半笑，

　　　　梨云何敢压双肩。

　　　　更余一种憨憨态，

　　　　消尽人魂实可怜。

——这诗如何？喜欢吗？"

一遍诵完，小言也和刚才一样，问娇憨的小妹妹感觉如何。

小言刚刚问罢，琼容已拍手欢欣说道："喜欢，很喜欢！

"琼容数了一下，哥哥送的诗字数跟给灵漪儿姐姐的一样，喜欢！"

"呵……"望着小丫头兴奋得通红的脸蛋，小言却有些哭笑不得，心中暗暗忖道，"这懵懂小妹妹，算术倒是学得不错！"

这番风雅过后，三个少男少女便在湖岸边静静发呆。

小言吃饱喝足，仍旧端着酒杯，一边朝远近闲看风景，一边有一口没一口地慢慢喝酒，正是怡然自得。

灵漪儿此时则双眸盈盈，颊边红晕还未褪尽，显然还在回味小言刚才的诗句。

琼容这时则望着远处西南角那片田田的荷叶发呆，也不知道看到了什么，竟难得地发呆出神起来。

又过了一会儿，还是琼容最先耐不住，忽然开口跟小言说道："哥哥，你看得见那朵莲花苞吗?"

"嗯? 哪朵?"

小言顺着琼容指点的方向朝西南边看去,只见远处那片粉白的莲花大都开了,其中还没绽放的莲苞并不多。

饶是如此,隔着这么远琼容这样大略一指,小言一时也不知道她是在说哪朵。

见他迷惑,琼容便更加明确地指示:"哥,就是那朵。它真有本事,居然能叫蜻蜓立在尖儿上!"

"……原来是那朵!"小言温言搭话,耐心地陪小妹妹聊天,"是啊,它真的很有本事,厉害呀!"

只不过虽然小言态度认真,这答话却也只是随口一答。谁知,听小言这么一说,小姑娘却认真了,当即双眸烁烁,一眨不眨地跟堂主哥哥认真承诺:"琼容也能让蜻蜓立在鼻头!"

说罢,不待小言答话,琼容便已经划水而去,浮在水面上的小脑袋快速地朝那片荷花丛移去。

"呵呵,呵呵!"

傻笑声中,小言看到那小姑娘游到远处荷花畔,闭上眼睛,翻过身子,只留一张小脸仰露在水面上。

这时候她粉玉一般的玲珑面容,便随着涟漪微微浮动,樱唇微绽,粉靥微涡,倒也真像朵含苞待放的花骨朵一样。

"说不定她真能成功呢……"

没等小言做更多感想,身畔另一个女孩忽然出声:"哎呀,小言!"

灵漪儿一声惊呼:"我,我光顾着出神,这边耳朵上的坠子却不见了!"

"啊?"小言一听,顿时大急,几乎本能反应地接着说道,"灵漪儿别急,等我潜水帮你找，一定能找到！"

"嘻！不用了。"见小言着急，刚刚惊呼的女孩反变得泰然自若。

"嗯?"小言见状十分诧异，"为什么不用，那个该值——"

"该值得你去全力打捞?"只听得一半灵漪儿便说道，"谢谢小言！不过你太小看我了，我可是堂堂的龙宫公主，水里的事情难不倒我！"

一言说罢，四渎龙女便粉颈微垂，轻轻念了几句复杂难明的咒语。细碎的咒语刚刚停住，小言便忽听近处湖面哗啦一响，只见一尾锦鲤已破开水面，朝这边摇头摆尾地游来。

"谢谢你!"

龙宫公主取下锦鲤口中衔着的那只银色水滴状的耳坠，笑着跟它道了声谢，然后低叱一声，又发放它回去了。

"呀……"

虽然这些天来，小言已在努力适应身边诸多仙幻神人之事，但直到今天看到这条点了点头然后沉入湖底的鲤鱼，他才突然意识到，灵漪儿不是凡人，而是神通广大的龙宫神女。

如此又过了一些时候，当正午的阳光渐渐西移之时，小言拿眼瞧了瞧那边守株待兔的小妹妹，却发现她的耐心早已有了成果：一只翅翼淡绿透明的蜻蜓，正静静地停在小姑娘宛如雪玉的粉鼻上，黄橙色的身子一动不动，只有两对翅膀向两边铺开，不时微微扇动几下，保持身体的平衡。

看得出来，这只闲停在琼容鼻尖的蜻蜓，正悠然自得。

见这样，小言心中十分佩服，心道琼容也算有毅力，竟然真能平心静气坚持等到引来蜻蜓。

只是佩服之余，他还是有一点疑问，因为他对小丫头的性情再熟悉不过，按理说到了这个时候，无论是因为鼻头被立得发痒还是见到可爱小虫子到了近前,她总是要忍不住伸手去抓的。为何今日蜻蜓都立到鼻头上这么久了,还不见琼容有动静?

小言心里嘀咕,凝目仔细一看,却发现那丫头原来竟已睡着!

望着她那平静安详的面容,小言心中便对她更加佩服,佩服她居然能在睡着后还能保持原先的姿态,半浮在水面并不下沉!

正在他对着琼容的方向沉思之时,身边明净的湖面上不知不觉升腾起淡白的薄雾。

这一刻,婆娑树影外滔天的大浪似都已经远去……

这一晚,灵漪儿受小言所托,特地在伏波洲自己的莲花鸾帐旁,设下一顶幽静雅洁的轻罗小帐,给那个据说因连日争战有些精神恍惚的小妹妹住。

嗒嗒,嗒嗒……

当疼爱自己的哥哥姐姐的脚步声终于远去消失,刚刚依言闭眼的小姑娘却忽然偷偷睁开双眼,纯净的目光穿过粉罗帐中那一片几乎透明的水晶纱顶,怔怔望向一方无穷无尽的海夜星空。

这时,她粉颈之下枕的是龙宫怀梦枕,珊瑚床畔金炉中燃的是菩提定魂香,再配上头顶几乎能隔去所有海浪声息的东海龙鲛纱帐。在这样的悉心安排下,按理说她应该能很快入睡安眠。

只是,如果灵漪儿或者小言此时还在身畔,便会发现这个一向心无挂碍的小姑娘,眼中竟已添了几丝忧愁。

在幽幽杳杳怀梦安神的香烟中,小姑娘一直努力地睁大双眼,竟似是害怕入梦睡着。

这时,她头顶那一片小小的夜空中依旧繁星灿烂,明亮的星星一闪一闪,就像在跟她不停地眨眼。她就这样呆呆地仰望那片神秘的星空,坚持了许久,不知不觉里星月清光般皎洁的面容上,已是泪流满面……

第六章

暗澜汹涌，藏沧海之奇势

入夜的海岛静谧安宁，群星闪烁的夜空下静静卧着一角小小纱帐。

如果说当初的罗阳竹野还有竹叶遮眼，往日的罗浮山崖还有山岚萦绕，那么现在这四望无际的海岛夜空便显得格外寂寥。黑暗深邃的夜空中，清亮的星光一泻如水，缓缓流淌在静卧女孩身上。

流泻的星光颇有些清冷，冷辉中眠卧的小姑娘却是心潮澎湃，怎么也静不下心来。

"难道以前那些梦，都是真的吗？"

到了夜深人静的时候，一向无忧无虑的琼容，却不可抑止地想起那个自己最害怕的问题。

高耸入云的喷火高山，片羽不浮的无底怪水，在最近的梦境中变得越来越清晰，仿佛她这个小言哥哥的笨小妹，真的曾长出过完整的翅膀，在一座火焰熊熊的大山中自由翱翔。翔游疲惫后，又好像真的去过落羽即沉的怪河中，凌波微渡，临流照影。

这些离奇的梦境对这个从不知恐惧为何物的糊涂小姑娘来说，其实算不得如何恐怖。此刻她却害怕得紧紧缩成一团，紧张地躲在被子下面，只敢留两只乌溜溜的眼睛在被外，望着那高天中一点点亲切温暖的光华。

琼容做的越来越清晰的怪梦，就好像一个藏在阴暗角落的坏人，向她一步步逼来。这样的怪梦反复出现，一直在慢慢动摇她一向信以为真的事实，那就是：她，张琼容，多年前出生在罗阳山野中，存在这世上许多年，只是为最后等到那个最疼爱她的哥哥到来。

这样纯洁而又深刻的念头，自从琼容离开风吹日晒的罗阳郊野起，便一直在支撑着她的全部生活。在琼容的小小心眼里，已将这个外人看来幼稚可笑的想法上升成一种信念，坚信不移。

正是这样简单得有些盲目的信念，让她无论是在清淡单调的千鸟崖上，还是在那些和少年一起走过的艰险旅途中，都能自始至终保持着真心的快乐。

只是，到了现在，支撑起她全部天地的坚定信念，却如她曾经不小心打破的茶碗般出现了一丝裂痕。特别是她今天早晨突然脱口说出的那句奇怪的话："仙子教炊灵芝饭，瑶台亲剪凤凰毛。"

这句万分古怪的话，第一次在白天让琼容感觉到，有些事情可能真的不是那样，也许她张琼容，出现在那片翠竹如海的罗阳山野之前，真有些连她自己也不知道的经历。而这未知的经历，让她那颗本来洋溢幸福的心一天天地往下沉——也许有一天，她这个出身火山怪水的卑微"小妖怪"，将不得不离开自己无比爱戴的哥哥。

一想到这儿，心地晶莹若雪的小姑娘就变得格外哀伤，陷在种种自己想象出来的悲苦离别中不能自拔，泪水带着星光夺眶而出，漫溢流淌在悲伤的小脸上。

泪湿沾襟时，琼容朦胧的泪眼始终不敢合上，努力睁着仰望帐顶的星空苍穹，生怕一闭眼又要进到那栩栩如生的噩梦中去。

只是,她从昨天下午起就一直劳碌奔波,只中间偶尔休息了半晌,到此刻正是神思困倦,与那汹涌而来的睡意抵抗了小半晌,最终还是不知不觉昏昏沉沉地沉入梦乡中去了。

暂按下这些悲伤难明的心思不提,再说眼前的战局。

话说南海之中有一处奇岛,名为炎洲。炎洲之中有火林山,山中有火光兽,形如巨鼠,毛长三四寸,或赤或白,取之可用于织纺,号为火浣布,乃是南海异宝。"南海有火浣布,东海有不灰木",便是对这两样并称异宝的赞誉。

只是,享誉海外的声名对生活在炎洲中的火光兽来说,却只意味着灾难与不幸。

在归顺南海水侯之前,炎洲火光兽族便面临着多方的捕杀,归顺南海水侯之后,灾难却并未如期结束。虽然在孟章命令下,南海中那些力量强大的神怪,不再明面上捕杀修成人形的火光兽灵,但从未停止暗地里对火光兽的捕杀。

面对这样的局面,火光兽灵力量弱小,虽然恨彻入骨,却拿不出什么有效的办法,只好几次去龙域中哀求,哀求主事的神灵严令制止这样的滥杀。

只是雄心勃勃的水侯那些年里一直心系天下,这等小事如何顾得上?每次炎洲使者前来哀求,他总是温言劝慰,偶尔也假装愤怒一番,但并没什么实际行动。于是炎洲中得道的仙灵,眼看着族人日渐减少,也只是无可奈何。

南海龙宫这样的轻忽,到了今日终于酿成严重后果。炎洲火光兽族协同惊澜洲巨灵一起火烧神树群岛时,只不过被玄灵四渎的妖神联军稍一冲击,便立即弃械投降。此后四渎龙军完全控制神树群岛后,他们又和流花洲、银光洲的蝶女蜂灵一起顺着四渎心意,向南海各方宣告己方不承认孟章统领南海的权威,转去拥戴四渎檄文中支持的龙神大太子伯玉!

这样的宣告一出，立即四海震动。

因为，只要大略知道南海地理的灵族都知道，南海龙族御下的四岛十三洲，至此以神树群岛为中心，东边的银光洲，西边的息波洲、伏波洲、隐波州、流花洲，还有南边的炎洲，都已落入讨伐联军之手。

居于南海正中的神树群岛失陷，意味着四渎玄灵的妖神联军已可坐镇中央，虎视四方。流花洲的归顺，则基本宣告了孤悬南海钟摆岛链最西端云阳洲的失陷。等到炎洲火光兽族投敌，又把屯兵神树群岛的联军战线向东南龙域推进了两千里，兵锋直指龙域外围的九井、惊澜、乱流三洲，威势直逼风暴女神镇守的神怒群岛。

面对这样的战局，这些海外灵族中的有识之士倒有些唏嘘。曾几何时，那方布满险恶复杂阵法的九井海洲，还是南海十分隐秘的驻军补给基地，谁承想四渎征战爆发后短短二十多天，便已成了前线！

现在这情况，已经不能简单地归结为南海不在乎一洲一岛的得失，前后不过二十多天，先后有伏波、银光、流花、炎洲、神树等主要洲岛归顺四渎，便不得不让各方势力开始重新审视这场战事，调整对战局最终胜负的预期。

这时，几乎所有用心旁观的势力首领都在心中嘀咕：恐怕南海上千年来东征西讨、威压鬼方积下的赫赫声名，未必就不是言过其实。那些自水侯孟章主导南海后似乎十分团结的南海诸族，也并不一定像表面那样是铁板一块。

这样出乎意料的战局，令许多利益相关的水族神灵必须直面一个非常棘手的问题：是赶紧出力出兵帮那个绝不老朽的四渎龙君痛打落水狗，还是再忍耐一段时间，看看四渎是不是中了南海计谋，会不会转眼就成为深陷敌后的强弩之末。

和大战双方有着千丝万缕利益关联的灵族，仿佛忽然走到了一个岔路口。走对了方向，以后数百年甚至数千年中便可平安无事，大享其福；若是一不小心押错了宝，以后恐怕便要遭人打压，处处倒霉。

为了切身的利益，此刻对他们中的大多数而言，那个最终决定支持哪一方的判断标准，绝不是双方檄文战书中那些冠冕堂皇、大义凛然的华丽字眼，而是实实在在的胜负消长、成王败寇。

在错综复杂的势力纠葛中，接踵而来又发生了几起对南海、四渎而言绝不可轻忽的重大事件。

首先，那个张姓少年率众占领神树群岛后，一直对这件震动三界的大事保持沉默的东海龙族终于打破沉默，给战斗双方发来正式文书，告知他们东海龙族对这场战事的看法。号为"四海龙祖"的东海龙宫说，他们对本族内发生这样的争斗表示痛心，希望双方能平心静气，早日罢息兵戈。

在这封东海龙王亲致的不痛不痒的文书中，老龙王对双方都有所指责，称南海后辈孟章行事不妥，不该暗中结交四渎帐下诸部水神，更不该轻动刀兵冰冻罗浮山。而四渎龙君云中君，作为南海长辈，不必跟孙侄辈儿郎过于计较，如果他们有什么不对，可以平心静气地谈判，或让其赔礼，或对其惩罚，凡事都好商量。

这样措辞方正的文牒，看似四平八稳谁都不得罪，但接到文书的交战双方看到最末一行时，感受却大为不同。原来最末几句话说的是：鉴于东海龙域北部近来妖类横行，打扰凡间渔民正常打鱼，因此接到各地东海龙王庙七八起镇妖护航央告后，为了保证东海龙神信义，彰显天地正气，东海龙宫决定派巡海大将苍璧率十万夜叉军陈兵北疆，为勤奉香火的东海渔民剿除妖类，保证他们渔业安宁。

"只为区区几个渔民，就出动号称四海最强战力的十万夜叉军？"

看到文书这话，不用说心思玲珑的神灵，连傻子都知道，东海龙宫这回摆明是要偏袒本系龙族出身的四渎龙君,找个借口摆下阵势,虎视眈眈威慑北方,不让那个和南海交好的北方龙神插手兴兵。

如果说,东海陈兵之事还情有可原,但接下来传到众人耳中的这件事便有些匪夷所思了。

据一些消息灵通的神怪传出消息说,千年来势同水火的南海、鬼方两族,竟有意化干戈为玉帛,互相结下友好联盟。结盟后南海择日归还鬼族圣地鬼灵渊,烛幽鬼方也保证从此再也不骚扰南海龙域的安全!

种种错综复杂的利益纠缠,恐怕真正达成时日尚早,暂时还起不到多少实际作用,但此刻有一方势力,却蠢蠢欲动,欲图马上投入这场腥风血雨的大战中。

这位果断决绝的好战神灵,正是那位东海龙宫重兵威慑,意图使之不敢轻举妄动的北海龙神——禺疆!

从后续的战事发展来看,那老谋深算的东海龙王千思万虑,有一点却没考虑,那便是他忘了这位一直在自己北方呼风唤雨的海神的脾气。这位集瘟神、风神、海神于一身的北海龙神,恰恰是看到东海横兵北疆之后,才决定立即出兵的!

只不过,性格孤僻的海神禺疆虽决定出兵帮助远方的后辈小友,但还是小心翼翼,毕竟在自己南方那十万东海夜叉军个个翻江倒海、来去如电。况且除了这些虎视眈眈的东海悍卒之外,那几座在东海东南的海洲也不得不考虑,因为上面盘踞着比他们还神秘的魔族!

第七章
节外生枝，欲尝四海水味

话说其时天地之间，中土大地四围有四海，分别以东西南北四方号之，曰东海、西海、南海、北海。

四海之中，东海在中土大陆正东，在四海中幅员最为辽阔，其中波涛亿里，气象万千，水底奇鱼异族多如牛毛，不可胜数。

东海水族，由东海龙神敖广领属，震慑四方，敖广号为"四海之祖"。东海之南、之西南，则为南海，一向为南海龙神蚩刚领属，现在实由蚩刚三子孟章统摄，孟章号为"南海水侯"。

西海在南海之西，在南海海域最西南的神狱群岛以西三千里外便为西海龙王比巢民所辖之地。

西海之中，也是烟波浩渺，气象磅礴，大小岛屿林林总总，星罗棋布。无论海洋还是岛屿，尽皆气候炎热，其中珍异草木禽鳞数以万计，种类繁多。

西海之主比巢民，性情和顺，与世无争。两千年前西海之域仍在南海神狱群岛以东一千里处，但两千年下来几经退让，直到让出现在的南海神狱群岛及其以西三千里海域之后，西海水族的疆域终于稳定下来，偏居西南海隅，从此便与天下他族再无争执。

在东西南北四海之中，最奇特最神秘之地当属地处北极附近的北海。如果说四海之中其他三海，无论服饰礼仪还是语言行事，大抵都还与中土神州无异，北海却不同，其中海民的语言习俗与天下其他开化之民迥然相异。

北海严寒，在中土大地人力可及之处向北两千多里才到与北海接壤的大陆边缘。接近北海边缘的陆地几乎全被冰雪覆盖，终年寒风呼号、雪花飞舞，处处生机绝少，只有极少数天生异禀的草木禽兽才能存活。到了北海大洋中，更是终日飞雪漫天，四处冰山浮雪遍布，凶险异常。

北海和东西南三海之间相互直接交界接壤不同，北海海神禺疆所领的北海大洋和南边的东海之间有一个缓冲。南边以东西横贯的阿流申群岛为限，北方以极北蛮荒之地间的一座狭窄海峡为界，中间方圆千里的海域为无主之地。

作为北海南界的那座狭窄海峡，两端陆地终年都被冰雪覆盖，白皑皑一片，犹如天神颁令命其永葆其白，因此这个地处要冲的险要海峡名为"白令"。白令峡以南直到阿流申群岛之间的海域则称作"白令海"。

虽然各界之中，不甚了解内情的人一般都会认为阿流申群岛以北便是北海，但经过多年的砥砺，几经冲突，相邻的东海、北海灵族心目中，全都认为真正的北海应在白令峡以北。这片幅员广大、冰雪漂浮的深蓝海域，按北海民的语言发音又叫"星波雷亚海"。

四海地理叙过，话说就在中土四渎水族玄灵妖民会盟罗浮，旌麾直指南海一个多月后，约在九月之末，正当南海中的攻防战事进行得如火如荼、南海水族节节败退之际，极北苦寒之地那位素来和南海孟章交好的海神禺疆终于按捺不住，经过数天准备，这一日点起麾下最精锐的五万长乘军，出白令峡，向东疾走，准备绕远取道那处遍布雷云风暴的雷暴泽，以避开东海耳目，驰援南海。

这日巳时，接近中午，浑身裹在一团黑色雨云中的北海龙神跨着一头双头黑龙，高高在上居于黑压压的大军之中，同大军一道向东方雷暴泽疾行。

北海这些人面豹尾的长乘悍卒，天生擅走，行如闪电，因此前后只不过半个多时辰，整支五万多人的北海大军便已迅速接近那片白令峡以东四千里外的雷暴泽。

这时，望着前方不远处那片乌云涌动电光闪耀的海域，躲藏在迷茫黑雾中的禺疆默默想道："嗯，过了雷暴泽，此后便可海阔天空了。"

根据北海龙军事前的细致打探，东海放出的那些目光如炬的神鹞最北最东飞及之处，只到终日电闪雷鸣的雷暴泽。雷暴泽上空黑云翻滚雷光耀目，那些瞬息千里的神鹞并不敢飞入其中，只能在雷云之上的高天中飞行。因此，按他们先前贴着蛮荒北地边缘浅海小心行走的路线，只要借着雷暴泽上空的雷电黑云躲过那些东海神鹞的耳目，此后便是海阔天高，可以任他们这支强大的北地神军自由遨游！

因此，眼见着大军离那片风波诡谲的黑色海面越来越近，一直有些紧张的海神反而渐渐放松下来。除非千百年从没停止电闪雷鸣的雷暴泽一瞬间雷云消散，否则那些只敢在雨云外高天中逡巡的东海神鹞不可能发现他们。到了这时，禺疆觉得自己所需关心的，只是如何饬令部属，嘱咐他们在前面那片诡谲海泽中别被天雷急闪击中。

就在禺疆半暝双目沉思之时，浩浩荡荡五万之数的长乘海灵已经半漂半游，向南急转入那片黑云涌动的洋泽之中。这时，若是从他们后方的高天看去，这支只善凫水的北海健卒军伍就像一条从深海翻出的巨蛇，正蜿蜒进入一只反扣在海面的黑底大锅中。

直到此刻，所有状况还很正常，分毫没有被南面那些邻居发现的迹象。

"唔……"

见得眼前一派平和景象,刚进入雷暴泽的禺疆大神,挥起玄黑大氅扫落几个惊天落雷之后,已对此行成败毫不担忧。现在这位镇静自若的双面海神,已换了一副风度翩翩的模样,耳垂青蛇,开始思考起自己大军到达南海之后的征战大计来。

只是,禺疆的镇静并没持续多久。正所谓"天有不测风云",这片自古以来天象都没多少变化的雷暴泽,在北海大军驰入之后不久却突然起了些异变。古怪异变,还是灵觉最敏锐的禺疆最先察觉出来的:"奇怪,怎么今日这雷暴泽中,电光格外明亮格外多?"

刚开始时,在一团团黑云之下渐觉眼前明亮,禺疆还以为是闪电越来越密越来越强,只是在心中如此淡然想过之后,不到片刻工夫,方圆数百里的雷暴泽上空就起了让所有北海军卒目瞪口呆的变化:头顶上那些原先好像扣地大锅般严丝合缝的雷暴黑云,不知从何时起竟渐渐消淡。等众人察觉之后,冥冥中又仿佛有着一只看不见的巨手,转眼间就将那些耀武扬威的雷电雾云猛然挥散。前后速度之快,就像一床紧捂的棉被被哪家调皮的小女孩突然掀翻,黑云竟在转眼间便全部消散。

片刻之后,原本暴躁如狂的雷暴泽就好像突然变成了一个温柔顺从的小姑娘,深蓝海面上微风徐来,波浪轻拍。

……

雷暴泽这样转变后,北海成千上万的军马突如被剥了壳的煮鸡蛋,立时暴露在正午的阳光之下!

如此剧变,顿时就让这些本就一路潜行的北海军卒慌作一团。除了少数定力非常的海神灵将镇定如初,大多数长乘海灵都好像忽被掐去脑袋的苍蝇一般,只管在原来凫水洄泳的海浪中急急打转,原本还算整齐的队伍转眼就变得混乱不堪!

"这是?"

和其他人的惊惶不同,此刻禺疆仍旧镇定。

虽然刚才神目圆睁极力远望,看不到丝毫敌踪异状,但用鼻子一嗅后,他立即便从温柔吹来的东南风丝中嗅出些不同寻常的味道。虽然这丝若有若无的气息稍纵即逝,自己只嗅到一缕风尾,但已足够让他联想到很多东西了。

只是到得此刻,纵然他有心也已经无暇细察。刚同部下神将稍稍约束好混乱的队伍,禺疆就听得在自己西南方海面上突然传来一阵细碎急切的呼啸,初如啮食桑叶的春蚕,簌簌细响,转眼后便越发洪大。等啸声变得如闷雷一般来回滚动时,北海众人便见西南海域上正有一块铺陈数十里的乌色云阵滚滚而来,其下遮掩着无数身材高大的蓝面水灵。蓝面水灵个个手执雪亮钢叉,面目狰狞,睛目烁烁,十分可怕!

对北海军众来说,这些恶形恶相的神灵他们十分熟悉。这些携云带雨呼啸如风的恶面水灵,正是东海龙族赖以傲视四方的夜叉水军。不用说,正是刚才雷暴泽上空突然云开日出,那些原本只在高天盘旋的东海神鹞立即看清了他们的行迹,很快便把游弋南方的东海龙军引来了。

于是只在须臾之间,铺天盖地而来的夜叉军团便已将北海龙军的南去海路团团堵住。当他们到来后,突然变样的雷暴泽又恢复了本来面目,转眼间在那些夜叉海军带来的乌云风雨上重新聚满雷电雨云。只是此时这些对北海大军来说已没有了任何意义,他们的行踪早已完全暴露。

"惜哉……"

见眼前东海夜叉军汹汹而来,已化为身形二丈、风姿优雅的海神禺疆,已知事不可为,便在心中叹息一声,颇有些无奈。

恰在这时,对面蜂拥成堆气势汹汹的夜叉军团从中央忽朝两边分开,从中走出一位身形二丈有余的中年神帅,神帅浑身上下黄光笼罩,威势非常。

透过黄光萦绕的雾霾可以隐约看到,这位被众星捧月般拥出的海神,头顶三紫金日冠,身穿银鳞金嵌海貎战甲,背后一袭披风猩红鲜艳,随风飘荡猎猎作响。这个海神面白如玉,凤目蚕眉,颔下三绺乌髯长可及胸,看上去神采飞扬。

见了东海神将玉面长髯的相貌,即使那些从未见过此神的北海军卒也知道,这人便是声名赫赫、威震四方的东海巡海大将苍璧。

再说东海水神苍璧,从军阵中踏浪行出,在漫天电光映耀中见到对面一动不动面无表情的北方龙神后,便微微一笑,在金黄光影中一拱手,似是十分客气地问道:“禺疆大人,外臣东海苍璧。今日幸会,不知您此番厉兵秣马,兵锋所指何处?”

“哼……”

在漫天轰鸣的雷暴声响中清晰听到苍璧的问话,禺疆哼了一声,面上深沉似水,口角不动淡淡答道:“哦,原是苍璧。此行无他,只是演练军马。”

说完这话,也不管对面灵将如何答话,北海龙神禺疆便徐徐转过身去,朝四方喝道:“诸位急行至此,可。这便全速回营!”

禺疆虽然口角嘴唇仍无丝毫动静,这有如炸雷般的声音却盖过海泽上空所有的雷暴,在方圆数十里内每位海灵耳旁炸响。

听得这声呼喝,所有长乘海灵不约而同应了一声,立时声贯天地,海动天摇。这之后,同那些夜叉一样也是来去如电的豹尾黑面长乘,便如下山猛虎一般轰轰烈烈地朝西北来处迅猛奔去。到这时他们已无须再顾忌行踪,这番全力疾走之下,顿时像在浩荡大洋中掀起一阵飚风,又如黑潮般迅速朝西北漫去。

见这样,面目雍容温和的东海大将苍璧也紧接着一声喝令,令麾下夜叉军向西北迅速移去。按他的说辞，是要送他们这些北海友邻一程。于是转眼之间这两支面和心不和的"友军"便已并驾齐驱，深蓝色肌肤的夜叉军和黑色面目的长乘军一南一北合在一起，就好似掀起两拨蓝靛漆黑色泽迥异的海啸大潮，并行着朝西北的白令海峡驰去。

这两支军马，在海外灵族中一向都以脚力著称，各为其主，内心里本就相互不服气，再加上今日这番表面礼貌实则十分不客气的拦挡阻截，更激起双方不少火气。

因此，饶是这些心神通明的海灵奔驰之时，都在口中默念着主帅与主公一贯的嘱托，反复提醒自己跟那些"友军"打交道时，绝不可以碰出真火，但在眼前并驾齐驱的情境下，尽力奔驰时总不免有一争快慢之意，两方军阵相互靠近交接处，更是免不了发生碰撞。

"呃……"

这样磕磕碰碰的情景落在东海统领苍璧眼中，令他十分担心会和北海爆发一场绝无必要的争斗。

有了这番考量，苍璧略一思索，便双手一挥。两团鲜黄的光华从他手中飞出，迎着海风越展越大，转眼间就已将北侧数十里内所有和北海龙军接邻的夜叉部众笼罩其中。

须臾之后，这道随军飞驰的光团边缘形成的黄色光壁，便渐渐将夜叉军阵和北海军马隔了开来，中间空出七八丈空处。这之后，无论那些桀骜刚烈的夜叉如何想方设法偷偷朝北挤、向北靠，都被那道黄色光壁弹回。

见这样，那位也在万军阵中向西疾移的北海龙神禺疆，也不甘示弱，几乎以同样的手法飞出一道青烟直冒的青色光壁，将自家军马护在其中。

这样一来，那些故意碰撞挑衅的海灵之间便再也碰不着，反而双方主将施出的青黄光壁犹如两道长龙一般不断撞击飞弹，磕磕碰碰、纠纠缠缠着向北急速飞去。

到得这时，局面早已偏离苍璧本意。原本他是为减少摩擦，现在却骑虎难下，只得极力施法维持光壁，否则一旦失力，光壁被那条不停南撞的青色光龙击散，自家儿郎便要倒霉。

因为，从他现在感应到的情况来看，北面那个出师未捷身先退的郁闷龙神，已在青色光气中添了许多险恶瘟疫之风。这样的话，要是一个不敌被他的毒光一卷，今日吃哑巴亏之人就要再添上他东海巡海大将苍璧了。

双方就这样暗自较劲，大约又过了半炷香的工夫，等两军驰近白令海峡，眼看着那两座遥遥相望的海崖历历在目时，这场青黄相接却又泾渭分明的凶险较力才告结束。

两位海神俱是神力通天之辈，见到白令峡便已心领神会，不约而同地收回铺卷如龙的青黄光气，各在心中暗道一声"佩服"之后，各自领兵回去。

等一事无成的禺疆暂时缩回北洋，勤心尽力的苍璧便返回南侧海中继续游弋。这时，东南边某处阳光明媚、水波微澜的蓝色海水中，却忽有一个女孩的声音如黄莺百灵般轻盈响起。只听女孩喜滋滋地说道："皋瑶姨！我这回做得不错吧？"

灵脆悦耳的声音中，带着一丝与生俱来的威严与尊贵，在那几似本能的矜持外，又流露出好几分不可抑止的调皮与得意！

谁能想到，就在北海精悍大军欲借风雨掩护潜过雷暴泽，准备长驱直去南海救援的关键时刻，一向雷云笼罩的雷暴泽居然在片刻间云开雾散，阳光普照，着实把龙神禺疆搞得措手不及。原本十分巧妙周详的暗度陈仓计策，竟然就这样半途夭折了！

很显然，如此难得一见的天象绝非巧合。就在东海巡海大军将禺疆军马"护送"回白令峡之后，雷暴泽东南一千多里的海水中，正有个身着紫晶水甲的姑娘在跟几个黑袍长者说话。

"皋瑶姨!"发如紫色华缎的姑娘,朝西北的海空引颈遥望一会儿,便轻盈地一旋,转过身来跟旁边一个女子欢笑说道,"皋瑶姨呀,这回我的主意不错吧?"

"嗯。"

答话的女子靥如花雪,身姿顽秀,俏立碧波,正是西南极地魔疆中赫赫有名的第一天魔王善思天魔皋瑶。

听得小魔主问话,善思天魔从容的面容上也露出一丝欣喜笑颜,温声夸赞道:"莹惑呀,这回主意确实不错,也不枉皋瑶姨跟你说了那么多。"

略过北方海域上这段插曲风波,再说兵火连天的南海。

这些天里,让所有旁观势力惊奇的是,当四渎与妖族联军一鼓作气打到南海中枢神树群岛,并将势力扩展到离龙域外围九井洲极近的炎洲时,原本气势汹汹的讨伐联军却突然放缓了脚步。原本战无不胜的四渎军马,在几场战役中遭到南海从后方豢龙之冈调来的大量蛟龙阻击,损失了些人马之后,便渐渐退防到神树群岛一带的海洲岛屿。

现在,若是光从形势图上来看,虽然四渎联军已打到南海中枢,但真正占领的海域,也只不过是神树群岛、银光洲、流花洲以及伏波、隐波、息波三洲。先前归顺联军的炎洲火光兽,已经响应四渎龙君建议,合族撤到相对安全的后方伏波洲去了。

这样一来,从海图上看这支似乎一直高歌猛进的讨伐大军,在一两个月的浴血奋战后,只不过占据了广阔南海中一片小小的海域。自从进入九月之后,讨伐大军便开始收缩防守,原本流击千里占据的大小海洲已全部放弃,所有人马辎重全部撤回至目前固守的几个海屿洲岛中。

于是,原本烽火连天的南海中,亿万里的海疆竟似乎一下子又回复了平和宁静。到了十月开头这几天，只有少数意图骚扰连接联军驻地与后方大陆水系的南海龙军，才遭到联军顽强的抵抗打击。

因此，对于这样戏剧性的转变，不少人不约而同地想到，这该是四渎龙族到了强弩之末的时候了。现在回过头来想想，多年经营征战的南海龙族，即使和四海中实力最强的东海龙族相比，实力也不会逊色太多。这种实力对比下，一个陆地水族想去攻伐根深蒂固的强大海族，即使筹划良久，突起发难，那也是难以成事。在四海八荒各路势力对南海这场争战的评判考量中，四渎那些临时拼凑的盟友，此时早已被当成乌合之众全部忽略掉了。

这样的看法，不仅仅存在于那些旁观者心中，近来这几场小胜，也把南海一族的信心彻底激发了起来。对于这么多年来趾高气扬的海外神族来说，当信心被一系列失败打压到最低点后，终于打赢几场仗，形势稍微好转，自信心则十倍地反弹，十分膨胀。因此，在这样的战争形势下，南海水族在各种场合的态度，对比一个多月前已经悄悄起了些变化。

说过眼下南海大势，再说这一日下午，罗浮山上下来的少年堂主有些无所事事，正在伏波洲上龙女帐中看灵漪儿绣花、琼容习字时，忽听有人传报，说是四渎龙君有事请他一行。

等小言匆匆赶到龙王大帐中，只不过听得云中君数语，便明白了龙君找他的来意。

原来，前后只不过区区一月，几乎就要订立盟约的南海与鬼方之间原本被宣传得十分美妙的友好关系便已告破裂！

"哈哈！"

说起这个好消息，老龙君忍不住连声大笑，声若洪钟地说道："哈，小言你看，我就知道那孟章小儿沉不住气！这不，才稍微跟他示弱一个月，他便又开始不把鬼方放在眼里了！"

"哈哈！是啊！"

这些天里小言对四渎这些大略方针也是了然于胸,现在听得云中君之言,也是十分高兴,跟着开怀大笑起来。

只是才跟着乐了一阵,小言想了一下,却又觉得有些疑惑,便等开心的老龙君笑声将歇时,开口问云中君:"咦,奇怪啊,依我看孟章也不是如此小气之人,怎么会这么快便跟鬼方翻脸?"

"呵,问得好!"云中君听得小言问话,笑逐颜开地回答道,"不瞒你说,今日这结果老夫早已料到! 小言你虽然看出孟章野心很大气度也不小,但有一点却不知道,便是烛幽的鬼灵渊和南海的神之田,对这位野心勃勃的水侯意义有多重大!"

"这一点,现在先不跟你说。因为这事现在说出来未免太骇人听闻,你听了恐怕会心浮气躁,以后不好安心打仗。所以还是等我正义之师开入南海龙宫之日,再行相告!"云中君继续说道。

"嗯,好!"听得此言,小言心中并无芥蒂,爽快回答。

又稍停了一会儿,他终于听到云中君跟他说起此行找他来的主要目的:"小言,这番找你,只是老夫对这好消息还是有点不放心。我不知那南海小儿会不会学我,也在故意示我以弱,等诱我大军轻入敌后再行猛攻。因此这个消息,我必须加以实证。"

原本和小言谈笑风生的老龙君,此时已换上了一副庄重神色,认真说道:"小言,那鬼方仍在波母大洲之后,离此地几乎有亿万里之遥,中间还要绕过南海的种种战线屏障,普通的斥候根本不可能到达。因此,我这几天思来想去,还是觉得你是最佳人选。因此,老夫想请你辛苦一趟,前去波母大洲外的鬼灵渊一带打探一番,看烛幽鬼方是不是真像传言中的那样已和南海翻脸,重新开始攻打鬼灵渊。"

"好的,没问题,多谢龙君看重!"小言响亮回答。

这次,小言决定和琼容前往鬼方。等他们出门时,爽朗大气的四渎龙女灵漪儿在递上为他们精心准备的行囊后,又千叮咛万嘱咐,嘱咐他们二人一定平安归来。

如此话别之后,灵漪儿便目送二人在夕阳烟波中渐渐行远,直到他们的身影完全消失在那片泛白的连天烟水里。这之后,又在晚风中出了好一会儿神,才反身回到帐篷中去。

第八章
云水空蒙,明月步步清风

小言和琼容告别灵漪儿,在夕阳余晖映照的海面上飞速浮游数百里,游过四渎占据的海岛银光洲后便开始小心前行。在小言招呼下两人半潜入暗蓝的海水中,向正东方瞬水而去。

入水的那一刻,小言为留意时辰,特地回头看了看西天的落日,只见此时夕阳已失了鲜亮颜色,在一片海雾夕云的遮掩下变成了朦胧的暗红色,就像只蒙尘的柿子半浮在海波烟涛之上。

这时自己身前的海水已变成深邃的暗色,展目望去只能看见一点点波峰浪尖反射的余光。当夕阳渐渐沉到海面之下时,前方粼粼的波光颜色,便从余晖的昏黄慢慢转变成了灿烂的月银。

这次临行前,小言已详细察看过海图,在心中为深入敌后筹划好了适宜的路线。这一回他准备带琼容先向东疾行数万里,然后再折转向南,找到南洋深处的那座波母之山,再沿着波母之山东侧绵延万里的陆地向东南游行,这样便能避开南海的关卡耳目,找到那处龙鬼纷争之地。

按照这样的路线一路前游,不知潜过多少骇浪惊涛,避过多少鲸鲨险礁,接近子夜时分,小言判断差不多已经越过南海控制的神牧诸岛。抬头望了望已经偏向天南中央的月轮，略松了一口气，便在海中寻了个合适的礁岩，和琼容一起坐上去休息。

坐到这块已被海水冲刷得圆滑如卵的礁岩上，小言便把临行前灵漪儿准备的包裹打开，从里面取出些香酥糕点，拿一些细嫩的给琼容，挑一些焦黄粗糙的给自己，两人一起就着皮囊中的清水开始吃起来。

在礁石上吃了一会儿，等几片蚝油炸藕下肚，小言忽觉身边落下四五只海鸥，正在月光中睁着圆溜溜的眼睛紧盯着自己。

乍看到这些海鸥，小言还觉得挺有趣，便不住端详它们的眼神羽色。只是过了没多久，他却发现身边的鸥鸟越落越多，转眼之间身下这块两三亩地大的礁岩，就站满了这种海中最常见的禽鸟。

"奇怪！怎么夜里海鸥也这么多！"

海事经验不足的小言眼见着越来越多的海鸥朝这边飞来，或落在海中游弋，或只在他们头顶上空不住盘旋，心中便满是惊奇。

这样的惊讶稍纵即逝，当小言看清这些趁夜而来的海鸟目光灼灼盯视之处，便立马明白了这些鸥鸟的来意。很显然，这些海空两栖的精灵，正是冲他怀中那包香气四溢的包裹而来。

察觉出这一点，小言略一思索便毫不犹豫地打开包裹，让琼容挑了几样最喜欢的糕点吃下去，然后和琼容一起将所有剩下的食物抛向海面天空，给那些馋涎美味却又不敢近前的鸥鸟饱餐一顿。

在这般毫不痛惜的抛撒之下，转眼之间灵漪儿精心准备的庞大行囊中便只剩下几袋清水和一壶酒。

"真好玩！"

虽然这般浪费，天真的小姑娘却毫不痛惜。等抛完手中食物，看着那些禽鸟在海面天空抢作一团，琼容觉得十分有趣，只顾在那儿拍手叫好。叫好

完毕,她便转过脸来,眼睛一闪一闪地跟小言真心道谢:"谢谢小言哥哥给它们这么多好吃的!"

如此诚恳的道谢,倒好像刚才小言是在给她喂食一样。

"呵呵!"见她如此天真,小言自是忍俊不禁。笑了一回,他便把刚才这番举动的原因告诉她,也算增长她的见识:"琼容妹妹呀——"

"在!"

"嗯,是这样的,刚才把所有好吃的都分光,一是你也知道,你哥哥从来都是这么大方。二则是,你看我们背这么多好吃的,后面一定会有许多海鸥跟着,这一路游去,敌人会看到我们行踪的!"

"呀,原来是这样,好险好险!"

听得这样的解说,琼容大为动容,后怕之余不禁对哥哥的慷慨大方、深谋远虑十分佩服! 也不知为什么,无论有意无意,小姑娘现在特别珍惜和哥哥在一起的时光。

等离开这群海鸥,小言便带着琼容朝东南疾游。大约又过了两个时辰,从开始出发的地方算起,小言觉着自己二人已行过了数万里。说起来,数万里之遥,又要在海水中不断作法疾行,饶是他年轻力壮道法无穷,也觉得有些疲惫,只想找个地方休息。

"哎,没想到南海这么大!"

到这时,小言心中只剩下感叹。和刚开始时不同,那时他全副心思都在提防着会不会被南海发现,等亲身投入到茫茫大海之中,游过这么遥远的距离之后,他才发觉自己料错了。因为任他是谁,无论是如山巨物还是些小微尘,投入到沧海之中只不过似渺小一粟。

相比浩阔无垠无边无际的巨水大洋,自己和琼容真是毫不起眼,就是想要被发觉也并不容易。

　　心中一番慨叹,小言再回头看看琼容,发现这个一向精力充沛的小姑娘,这时也眼波摇动双眼蒙眬,看样子也是颇有倦意。见这样,他便打定主意,决定等碰到下个海洲海渚,便要落脚休憩。

　　大约在心中升起这个念头之后又横渡过数百里,小言二人便遇到一片海中沙洲。于是他便携琼容破水而出,踏上这片平坦的沙洲准备好好休息。

　　"琼容,小心别乱跑!"

　　刚踏上沙滩,便响起小言无奈的提醒声。原来刚才还倦意盎然的小姑娘,才一踏上柔软的沙滩,便欢呼一声一下子挣脱开去,有如出笼的小鸟般朝眼前这片洁白如雪的沙洲颠颠跑去!

　　"哎!"

　　听得哥哥呼叫,琼容痛快答应一声,脚下却仍然生风一般,只顾在柔软的白沙滩上快活地乱跑。那双莹白如玉的光脚丫子在松软的白沙中陷下又升起,足上原先那双小绣花鞋早不知道被踢到哪边去了!

　　"呵呵!"

　　见小姑娘如此快活,小言也没再干涉。反正现在大海茫茫,四下里只剩烟波夜云,也不愁那些远在万里之外的敌人发现自己。

　　于是,当小言运法,铺展灵觉确定远近方圆百里之内并无异常之后,便也学琼容那样,甩开脚上两只芒鞋,陪着小丫头一道在柔软白沙上肆意奔走。

　　"哈哈,逮住你了!"

　　和往日在罗浮山千鸟崖上一样,陪琼容妹妹一阵玩耍,等抓住她胳膊换得一连串咯咯咯的笑声之后,小言便放开她让她自己去玩,自己则走到沙洲北边那棵绿叶婆娑的梧桐树下,倚着树干,随意赏看起眼前的景色来。

　　眼前这片大海深处的细沙孤洲并不大,只有十几亩大小,形状如同一片南北放置的橘瓣。沙洲上除了自己背后靠着的这棵孤零零的海树外，还有树根旁少许不知名的海菜蕨草，其他地方的地面上都积满了白色的细沙，看上去一片洁白，如堆霜雪。

这些白沙他刚才赤脚从上面走过，感觉细腻松滑，仍带着白天日晒的余温，陷在其中十分舒服惬意。

这时，抬头看看天上，银盘一样的圆月已挂在天南略略偏西的地方。苍蓝的天穹背景上月亮散发着灿烂的光华，将眼前这片本莹白如雪的银色沙洲照得如同一面光华四射的银镜一样，看上去直晃人眼。

在这片鲜明的白沙边，深夜中暗蓝的海波不断袭来，一波接着一波地冲上沙滩，又马不停蹄地退去，留下一片片灰暗的水渍和一声声哗哗的潮响。

在这样潮声入耳的明月夜晚，在如此洁净安详的海渚洲头，安坐梧桐树下的少年思绪不知不觉中变得格外沉静，仿佛心中再无一丝忧愁烦虑，澄澈空明。

虽然前路风波莫测，不知是否安然，但似乎只要能留得眼前片刻宁静，原本喧嚣紧张的内心也会变得格外安逸。

"呵……"

阵阵海风吹来，月下夜凉如水，看着眼前的银沙雪渚，还有那个跳动不停的身影，许多天来一呼百应的少年，忽觉得似乎只有眼前的生活才真正属于自己。当眼前静谧的月光和起落的海潮带走所有的轰轰烈烈、荣耀浮华之后，一抹前所未有的自嘲笑容便悄然浮上嘴角。

背倚着传说中能落凤凰的梧桐，出身村野的青衫少年在心中惆怅想道："唉，也许我张小言，真不可能成为什么做大事的大人物……不过这又如何？我顺其自然！"

打定主意要顺其自然的少年立马放松下来，重又变得活泛跳脱："哈！

我去那边玩!"

兴致盎然之际,斜眼一瞥,正看到沙洲外那片银色波光,于是小言便长身而起,一纵身跳进波涛里!

跳入烟波之时,稍运法力,他便一横身侧卧在波涛之上,一手支颐,一手扬起清水葫芦,大口喝起水来。

此刻心情正好,身披月华,随波起伏,喝得十分畅意。渐渐地小言双眼变得蒙眬起来,波涛更加起伏,魂灵似要飞起,正是无比快意逍遥!

这时,浪堆如雪的沙岸滩头忽响起一两声滴溜圆润的清鸣。

"咦,此地怎有人吹笛?"展开眼眸,朝银沙岸边看去,小言却只见水月流华,一片光影纷乱,看不清楚。

"哥哥,是我啦!"见小言满面疑惑只管猛瞧,琼容便顺着海风说道,"哥哥你喝水,琼容吹笛!"

"……吹笛?你怎么会吹笛啊?"

"是叶笛呀!"

"哦!"

小言含糊应了一声,岸上的小姑娘在梧桐树下白沙洲上,将那片新折的绿叶哨笛放在唇边开始呜呜呀呀吹奏起来。

"呀……可惜!"

饶是睡意蒙眬,深谙音律的少年仍是一下子便听出了小姑娘叶笛曲中的问题:"这……这不合音律吧……"

原来琼容没学过音律,折叠叶笛是从玄灵妖怪大叔们那儿学来的,吹奏时随心所欲,听在小言耳中便不免有些摸不着头脑。正当他想要出声指点时,自己却忽然哑然失笑,心中忖道:"哈,刚才还说要顺其自然,怎么这会儿听到真正随心所欲浑然天成的曲调,却要去执着纠正?"

恍然之际,他又往嘴里倒了一点水,开始真正欣赏起海风中传来的这缕笛曲。现在这么静心一听,倒觉得琼容这"曲子"曲调天然,行云流水。

于是在单纯的小姑娘的简单曲调里,这位最近刚刚威震过这片海域的少年,一边手执葫芦,一边手拍波涛,为她击节。听到高兴处,少年便忍不住随着叶笛的节拍,学了当年清河老道的气派,对着手中的葫芦唱起了道歌:

> 此生此物当生涯,
> 白云清涛即为家。
> 对月卧潮如野鹜,
> 时时欢唱醉烟霞。

放旷歌唱抑扬顿挫,余音在风波涛头徘徊缭绕,清迈悠长。此时明月当头,海天如梦,眠卧风潮,听叶笛之清响,观波涛之往来,正是其乐无穷。

笛声渐歇、潮声渐长时,小言振衣离水,凌波蹚过潮涨潮落的沙滩,将星目低垂睡意盎然的小姑娘轻轻抱起,翩然飞到梧桐树长枝上,自己倚住树干,让她靠在怀里。见琼容兀自挣扎着不肯睡,便给她讲起催眠入梦的传奇故事:

"传说……很久很久以前,南海里有个鬼方,鬼方里有个女人叫鬼母。鬼母能生育各种恶鬼,每次生育百鬼,早上生育,晚上吃掉。每次吃之前她都要数:一个鬼,两个鬼,三个鬼,四个鬼……六十七个鬼……"

在少年呢喃如梦的数数声里,过了没多久,紧紧缩在他胸前的小妹妹便只觉眼皮越发沉重,不知不觉便已滑入梦乡……

此时,在他们相邻的树枝上,恰有两只来海洲落脚的胖海鸭,正相立在枝头,打着瞌睡……

第九章
心悬日月，频催英雄之胆

在单调的数数声中，琼容终于沉沉睡去，小言便也渐渐停了口中的催眠低语。

一阵海风从东边吹来，吹得衣裳簌簌作响，他便不自觉地替琼容挡了挡。又过了一会儿，见琼容呼吸变得越发细密均匀，他便抱着她如一团棉花般轻轻落地，将她仰面向上，小心翼翼地轻放在那株高大的梧桐树树根旁。

身子着地，触到细致温柔的白色细沙时，睡梦中的女孩口中含糊不清地咕哝了一声，摇了摇脑袋，便侧转了身子背着月光，一双小手枕到脑袋下复又沉沉睡去。

看着小妹妹睡着了，有些心事的少年便站起身来，在银色的沙滩上来回轻轻踱步。

这时夜色正浓，看天边星辰的位置大概是丑时之末，正是一天中最黑暗的时候。虽然皓月当空，但四下里仍是一片昏暗，只有脚下这片银白的沙滩明晃如镜，仿佛满天的星月辉光都交织笼罩到了这片孤洲之上。

踱了一会儿步，细听过四围黑夜中传来的波浪涛声并无异状后，小言便静下心来，盘腿跌坐在这片洁白的银沙细岸上，面对着星月的辉芒凝神闭目,开始按照自己领悟的炼神化虚之法,吸收起漫天遍海的星月精华来。

天道循环,大化无形。经过数月前所未有的磨砺,如果说小言往日的修炼还可用"出神入化"来形容,此时的境界却无法言喻。

此时星光依旧,月色也一如往常,但仿若沧海一粟的渺小身躯中却好像包含下了整个海阔天空。身外一轮明月,身内一轮明月,唯一的区别便是身内心头的星月更加清莹,灿灿然有如水精!

如果说小言往日有心无为的太华道力肖似有形有质的悠然流水,此刻他被上古猿神浩荡神力打通玄关的身体中,隆隆轰卷着磅礴无形的巨浪惊涛,浩浩荡荡,在一个奇异的无穷无尽的浩然空间中一吞一吐,配合着悠长绵然的呼吸,仿佛对应着身外浩阔宇宙天地间的潮起潮落,日月经行!这番玄妙境界,真似"超凡劫以换骨,浣仙尘而辞胎"!

这样超凡入神的炼气存神大约只持续了半个时辰,小言便睁开了双眼。他似乎也意识到了自己化炼的威力,现在在这叵测陌生之地他不敢运转太久,以防惊动敌手。

等站起身来掸掸身上的尘土,张小言感受了一下刚才修炼的成果,便不觉有些沾沾自喜:"哈!现在我应该比以前厉害很多了吧?看来我说不定也是天纵奇才!"

未脱少年心性的道家堂主,见此时小妹妹睡了看不着,便扮了个鬼脸吐了下舌头,正是扬扬得意!

心中一阵窃喜过后,他又平复了心情,想起此行的任务来。

望了望四下里晦暗不明的苍茫大海,为稳妥起见,小言还是唤出了沉睡在司幽冥戒中的鬼王宵芒,请他确认一下正确方位。从戒指中脱出立到身前,听明白主人的意思后,这个鬼界的达人抓过远方吹来的一丝风尾,捏到翕动的巨鼻前使劲嗅闻。

一番极为认真的折腾之后，宵芒鬼仆便跟主人殷勤相告，说小言刚才所指方向没错，那处正是鬼灵渊的方向。虽然刚才风尾余息中的鬼族气息不及万一，但仍是被他老宵闻到了。

听他这么一说，小言便放下心来，道了声晚安，请他仍回司幽冥戒中休憩。

等身形魁伟的鬼王化作一道青烟完全归入指间冥戒之后，小言心中忽然一动："咦，要不要请他……"

回头看看树下熟睡的小姑娘，小言心中思忖道："此去鬼灵渊打探消息，可谓风波险恶，虽然听说鬼方已又和南海交恶，但毕竟未经确证，真是令人如履薄冰如临深渊。既然如此，我何不把琼容留下，请宵芒照看，等探明情况归来时再来接她？"

心中忽然升起这个念头，倒费了小言一番踌躇。不过，这踌躇也没持续多久，他很快便打消了这个主意：罢了，按琼容脾气，若是此时真把她留下自己偷偷溜走，日后她还不得来跟我拼命？又要费一番好哄！

在这样的守望与思量中，不知不觉东边天空便已渐渐发白。

月色星光渐退，曙光霞色渐明。

等那轮鲜红的海日又从东天海面渐渐浮起之时，满天青黑的夜云变幻成了绚烂的锦霞，金赤黄紫，奇彩纷呈，布满整个天空。

彩云中露出的海上晨空，正和大海的颜色一样蔚蓝。

此后等琼容醒来，小言便和她一起伫立在海洲沙滩上，看红日在一片乱霞中冉冉浮上天空。

这时，漫天的霞彩如宝石一样绚烂斑斓，再配上明耀万里的青蓝波涛，眼前正是一路霞波浩荡，说不出的壮丽恢宏。

沉浸在霞光之中，面对这样瑰丽的自然奇景，小言终于明白一个道理：

为什么以前那些县衙府衙大老爷身后"明镜高悬"一类的匾额下,总喜欢绘一幅大大的红日出海图,原来是因为在照耀万里的壮阔海景下,无论什么人都会油然而生尊崇敬畏之心。

此后小言便在这万道霞光中,同跟自己习过瞬水诀的小姑娘一起一路南行,按照昨晚鬼王校正过的方向一路瞬水而逝。

就这样一路赶向东南,不知经过多少雪崩一样的飓风大浪,大概下午申时之初,小言和琼容二人终于看见了传说中的波母之山。

等他们在茫茫大海中看到远方那处绵延起伏的陆地轮廓时,小言拿它跟西南的落日位置一对照,才发现尽管自己昨晚已校对过方向,此刻还是发生了好大的偏差。原本自己是想向东南疾行后绕到波母之山的东海岸,然后在海图上标明的万里堡礁群中一路潜向更东南的鬼灵渊,谁知经过一整天紧赶慢赶,本以为笔直向东南的海路到最后还是偏到了正南。等看到方圆数万里的南海大洲时,自己和琼容竟处在它的正西方!

不过即便如此,在辨不清东南西北确切方向的茫茫大洋里,现在总算是看到一个海图上标明的地方,小言便随机应变地调整了行进计划,和琼容两人沿着绵延万里的波母大洲西岸一路向东南进发。

一路上,虽然他们无暇登岸观览波母大洲的风光,但海路漫漫,偶尔一瞥累积起来,也足以让他们形成对这个南海深处大洋之洲的完整印象。

也许,真如有些术士著书所言,天地方圆间有一条横陈南北贯穿东极西极的纬线。沿着这条纬线,天地之间的自然万物南北对称分布,越往两端变得越冷。这不,现在正是十月间,虽然南海那片烽火纷飞的鏖战战场中仍是酷热难当,不辨四季,但波母大洲上的时令显然已入深秋,就和自己远在北方的家乡一样。

到了波母大洋,北来南海中苍蓝的海水已变得有几分浅淡,粉色鲜蓝的澄碧海水摇漾身旁,仿佛能让自己一眼看到海底礁滩。

在这样湛蓝透碧的海水中翘首朝东方望去,便见那片大陆中无论高原平地,草木皆黄,呈一片黄灿灿的秋色。高渺云空下的广阔平原上遍布着深可及腰的秋草,已经被秋风染成金黄的颜色。

当小言、琼容看去时,柔软金黄的秋草被西天橙黄的落日一照,偶有长风吹过便一阵高低起伏,就好像金色的海洋中涌过一道波浪。在这些金色草海中不太密集的地方,小言和琼容还看到不时有体形硕大、样貌奇特的鸟兽飞过跑过。

在这些前所未见的海洲精灵中,小言二人最常看见的一种兽族,便是一种似麋非麋、似鼠非鼠的怪兽。它们腹前好像都带着一个肉袋,皮毛宛然,其中探出一个个小脑袋,看样子显然是这些怪兽的幼崽。

这些腹带肉袋的怪兽,皮毛黄褐,常常在草原上成群结队地跳跃奔跑。跃动时全身站起,只有两只后足着地,在夕阳衰草中向前一纵一纵,十分敏捷,丝毫不怕自己腹袋中的孩儿会在剧烈的纵跃中掉出来。

见到这样的奇兽,小言和琼容的感想并不同。小言看到金黄秋草中跃动的身影,便开始搜肠刮肚,寻章摘句,努力回忆自己以前在千鸟崖四海堂中看过的那些海外奇异志中,有没有记载这样的可爱异兽。这时琼容的想法却简单得多,每次看到那些袋兽奔跃而过,她便会歪着脑袋想:那些可爱怪兽的腹袋一定很温暖吧? 自己真想躲进去呀……要是自己也钻进去,那袋中会不会很挤呢?

于是带着这些想法,单纯的小姑娘便开始认真留意起那些袋兽来。每当她看到有一只袋中空空的,便记数一下,脸上笑逐颜开,好似遇到什么天大的趣事一样。

在兄妹俩不同的乐趣中,东方那片占地广大的荒洲大岛逐渐远去,渐渐地和落日夕阳一起被抛在身后。头顶交错飞舞的海鸥,也逐渐变得稀少,渐渐地便已听不到一路跟随的啾啾鸣叫。琼容回过头再也看不清袋兽腹袋中有无幼儿时,夜色便降临了。

这次南行的第二个夜晚降临时,小言此行的任务也终于有了眉目。果然不出英明神武的云中君所料,在鬼灵渊外这片鏖战数百年的海域上,这夜正进行着大大小小的争斗。沉重夜色里,小言和琼容小心潜伏,没在海水下仔细观察海面上空漫天的流火、幢幢的阴影。

因为不敢离得太近,开始时小言并不十分清楚那些龙鬼争战的确切情况,只见远方凄迷的夜色中一片神魔乱舞、阴风怒号。

又过了一两个时辰,等适应了周围这片死寂一样的环境,小言便同琼容一起小心翼翼潜近那些战场,尽力观察看似十分激烈的战斗。

观察过几回,大概摸出些门道,他们二人便更加接近了争斗中的两族。

大半夜潜伏,观摩了数十场战斗后,小言发现,原来鬼族、龙族战斗,也都有各自的战术。

南海龙族一方,倚仗着先天的清明神和之气,欺鬼族受不得浩然生机,便多以火攻,以阳烈之炁驱退那些畏光畏火的阴灵鬼族,常常有攻无守,占尽优势。

那些阴幽鬼族,在这样的先天劣势下也不是全无对策。看得出他们的首领十分睿智,在如此不利的局面下使尽计谋,或声东击西,或避实就虚,一旦攻破某一处火防,成百上千个阴军鬼丁便一哄而入,将那些水族神兵的身体与灵魂撕裂成千百个碎片。

说来有些悲壮,小言发现这些阴幽鬼物攻破龙族熊熊火线的办法,竟是让成百上千个阴魂鬼灵,用阴寒之气凝结海水,把自己漂移无形的身躯化为寒冰,凝固身形,然后一个个前仆后继地冲向烈焰冲天的火防,让自己的魂灵与那些可恶的火舌一齐湮灭。往往，即使有上百个不畏魂飞魄散的阴灵冲上去，最后也不一定能将对方的防线冲破！

也许烛幽鬼族，千百年中就是靠着这样不顾牺牲的办法，一次次向鬼灵渊外层层布防以逸待劳的南海驻军发起冲击，争得一个个不输不赢的胶着局面！

只不过，即使已经"眼见为实"地看到了这些局面惨烈的战斗，心思缜密的少年还是并不准备就此返回报告。等这一夜过去，鬼灵之海中的战斗渐渐消歇，他便和琼容躲到别处，在数千里外一处僻静礁岩边闲聊谈天，准备等太阳西落、黑夜再一次到来后再去那片海域中确认。

这样六个多时辰的干等时刻，也幸亏有琼容在一旁说说话，让小言丝毫不觉得气闷单调。等听完娇憨的小姑娘最后一个琐碎的感想时，黑色的夜幕如期降临。眼见夜色幽深，小言便又和琼容起程去那片鬼灵渊外围的大海上。

和别处不一样，鬼灵渊外海域上空，似乎永远没有云开月明的时候。

在黝黯黑夜如同恶魔一般吞没夕阳最后一丝余晖时，烛幽鬼方与南海神族的战斗便又开启。只不过，这回有一点小小的不同，那便是在身畔这片鬼雪火雨漫天交错的战场中，又多了三个来历不明的人物，但殊死拼杀的哪一方都不知道。

"唔……你小心些！"

漆黑如墨的夜色中，一个鬼鬼祟祟的暗影正潜伏在海水中，向另一个同样有些鬼鬼祟祟的巨大暗影下达着命令："你这就扮成——呃，你直接过去把那一小群败兵消灭吧！"

暗影说话之时，另外那个巨影也正极力效仿着主人模样掩藏身形，却并不太成功。等先前那个暗影说完，巨影便如释重负，突然覆身冰凉的海水，神不知鬼不觉，如一道幻影般朝那群刚刚惨胜的南海龙军袭去。

这时，那群侥幸得胜的残军已在自己军阵周围升起一道旺盛的火圈，从容地朝后方次第移去。显然，和刚才被鬼族偷袭时的手忙脚乱不同，现在他们把烈焰火防烧得极旺，再也不怕那些鬼物突袭。

只是……

"你是——"

猛然惊叫，还不及吐出那个"谁"字，便紧接着一声凄惨的号叫，神卒顿时丢命！

"施——施——"

和刚才一样，猛然惊觉的龙军统领还来不及把"施法结阵"的命令说完，便忽然离水而起，仿佛被冥冥中的一只无形巨掌提起，转瞬便魂飞魄散而亡。

就这样，过了没多久，这一队三四十个散落的南海军卒，便在一瞬间几乎全军覆没，只剩下两三个幸存者极力奔逃，跑回了鬼灵渊外的龙族大本营。

"很好！"

等巨影归来，快要没入那只闪烁着幽光的骨戒中时，另外那个暗影跟他真心道谢。

原来，刚才这番杀戮正是小言请鬼王宵芒所为。经过两个多月的战火洗礼，小言早已非昔日可比。此次前来鬼灵渊探听消息，小言深知自己责任重大。因为鬼方和孟章的真实关系十分重要，一旦判断失误，便会给四渎讨伐联军带来灭顶之灾！

争战之时不比寻常，正是兵不厌诈，即使亲见几场像模像样的厮杀，也完全不可轻易相信。从整个战局考虑，如果鬼方和南海已暗中结盟，那他们完全可以以这样较小的代价，给四渎提供错误的情报消息。因此，几乎没怎么犹豫，果断决绝的小言便请鬼王出手，以此试探双方的反应。

在这样的考虑之下，这一夜便辛苦隐居冥戒的鬼王了。鬼王一路东颠西跑，哪处有战火燃起他便去哪处捣乱，总之就是要让整个胶着的战局发生些异常。

如果原来的战况确实都是在双方合谋控制之下，那这样的异常一定会引起双方一些不一样的反应。

在这样的捣乱搅局之中，又想到鬼方实际上很可能是和四渎联军同仇敌忾，因此搅扰的对象便自然落在了那些龙军身上。

到后来，当鬼王冲在前面时，小言和琼容二人也忍不住在暗中出力帮忙，或飞刀或飞剑，全往那些镇守鬼灵渊的龙卒身上招呼。

这样的搅局持续到第五夜，经过细细观察，小言发现在自己的这番搅扰之下，对战双方并没有丝毫异样反应，依旧是烽烟四起，殊死搏斗。

这么一来，鬼方与孟章重新交恶的传言，便基本验证确实了。因此，小言便准备看完前方那场几乎是这几天来见过的最大一场战斗后，和琼容一起打道回府。

"呵，那鬼母确实不简单！"乐呵呵地观战之时，小言心中倒对那位素未谋面的鬼母佩服起来。

要知道，眼前这样的神鬼交战和一般种族间的战斗还不同，双方先天迥异的体质决定了两军泾渭分明，绝不可能像四渎南海开战时那样可以相互渗透。

这种情形下，他们双方之间所有的战斗，都只能在漆黑的情况下进行。再考虑到鬼族先天的劣势，回想起这几天中井井有条的鬼族战斗方略，小言便觉得烛幽鬼方中的万鬼之母真是非同小可！

"嗯,这次回去一定要跟龙君好好说说,要是能和鬼母结盟,恐怕南海战事便能早些结束。"

心中这般想着,小言便觉此地不宜久留,悄悄掉转身形,准备就此回转南海而去。这样,他此行便算是无惊无险,波澜不惊了。

只是,就在此时,那个被放出来一起观看战斗的幽灵鬼王看到前方那场神鬼争战中鬼族竟节节败退。也不知何故,虽然今晚那些耀眼的火墙火壁看起来也没什么高明之处,那些原本悍烈无比的鬼族勇士却畏畏缩缩,磨磨蹭蹭,不敢上前。

见海外的同族这样一筹莫展,鬼王憋闷非常。现在见小言打手势说要就此回返,顿时把性情暴烈的鬼王急得如风车般在原地团团转。只见他一阵抓耳挠腮之后,终于心急火燎地跟小言恳求,让小言再给他一小会儿时间,等他上去帮那些落败的同族冲击火圈,撞开一个缺口后再行回返!

第十章

行云可托，沾来几许啼痕

黑暗大海上熊熊燃烧的火焰壁垒分外鲜明，四丈多高的冲腾火墙将凄迷的夜色一分两半，划成南北两个阵营。火界北方，虽然黑霾笼罩，阴灵无数，但它们始终都不敢向火焰壁墙发起真正的冲刺。

眼见这样胶着憋屈的情状，疾恶如仇的宵芒鬼王挺身而出，准备帮这些畏缩不前的同族打开僵局。于是，烛幽一方那些正在原处徘徊的幽魂校尉无头将军，便觉眼前一暗，转眼就见通明如昼的火壁前忽然多出一座"小山"。

"吼——"

还未待细看，便听得浴火披光的黑红"小山"发出一长声凄厉的号叫，霎时气焰熏天的火壁似乎暗了一暗，摇了一摇。

虽然这样的号叫粗犷恐怖，隐埋黑暗之中的鬼众却从中觉出一种亲切熟悉的气息。随着这声震动海波的吼啸，几乎所有阴灵鬼怪都在一瞬间用各自的方式"看到"了那个辉辉煌煌鬼气磅礴的恶灵鬼王。

于是，在宵芒摧肝裂胆的吼啸声中，原本窸窸窣窣私语不断的烛幽鬼军，一下子安静下来。整个海面上一片死寂，只听见风吹浪起火焰燃灼的呼呼响动。

在这样气氛紧张的战场上,山丘一样的黑甲巨灵也顾不上多话,只冲着北方惊愕的同族点了点头,便转过庞大的身形,盯着眼前耀武扬威的火焰光壁,细细打量。

这时,那些火壁火墙猛烈灼燃,火舌吞吐间不见一丝烟气,却仿佛带着一种傲视一切的神圣金芒。金红耀眼的芒焰,在鬼王幽潭一样的深邃巨眼中映照出熊熊的火光,明如烈阳的火焰光色在照亮巨鬼狰狞凶狠的面容同时,也将一股湮灭万物的肃杀之意汹涌传来,仿佛明烈逼人的火气马上就会将藐视神明的阴幽之物彻底焚殛。

只是,在熏天光壁前阴风飒飒幽霾阵阵的宵芒鬼王,却和天地间的普通幽灵不同,自受了罗浮少年清幽醇和之气的熏陶,又淬炼过隐波洲火焰蛛母的精气真元,宵芒在阴幽灵物本应忙不迭回避的汹涌火潮前,却仍是态度悠然,不慌不忙。一阵气定神闲打量之后,面貌凶狠的恶灵鬼王才轰然咆哮一声,施施然举步,竟毫不犹豫地蹚入火墙之中!

在身后的一阵惊叹声中,宛如闲庭信步的宵芒鬼灵,静静立在火焰垓心,转头朝四下看看,仿佛欣赏过火界中的景色后,才闷头低吼一声,手脚铺张,身形暴长,转眼就在密不透风的火壁中撑出一片黝黯清凉的巨大门洞。

"哗……"

这时离这火墙还有数十丈远的鬼军大阵中,好像忽然掀起一轮风涛波浪。原本凝神关注、一片寂然的鬼族大军全都挨挨挤挤,熙熙攘攘,向前努力挤动,都想好好看清不惧火焰的本族英雄。这些阴幽灵怪发出的拥挤叫好声,听在远处躲藏在暗处的小言、琼容耳中,便仿佛静谧的海夜中刚漫过一阵低沉咆哮的海潮。

在这不同人世的喝彩声中,蓄势已久的鬼族大军从震惊中清醒过来,各

自在鬼巫长老的引领下朝前冲去,如黑云般漫过海面,从宵芒用身躯撑成的幽暗缺口中蜂拥而入,向火界内那目瞪口呆的水族神军潮水暴风般迅猛冲击。

于是,没过多久,在小言这个今非昔比的老友帮助下,原本一筹莫展的烛幽鬼军竟将占尽优势的南海神军一举击退!

就在海面一阵风起云涌,神鬼之战分出胜负之时,趁着风波中这阵天大的纷扰,牢记主人此行任务的宵芒神不知鬼不觉地脱身回来,重新潜回小言身旁。回到小言身旁后,性情暴躁憨实的鬼王还不忘询问一句:"主人,这回咱打胜了,要不要宣扬一下咱师门的名号?"

原来往日闲时,听小言说起那回下山寻访水精的来龙去脉,记性不好的鬼王别的没怎么记住,主人师门掌门的吩咐却记得一清二楚。那便是灵虚子所说,他们上清宫门人下山历练时,如果事情做得尴尬便不妨态度低调,大获全胜时,则一定要报上师门上清名号,以彰显道门惩奸除恶之心!

"不必了!"在这当口,这样的提议当然要否决。只不过否决之余,小言对劳苦功高一举成功的鬼族前辈还是满口赞许。不仅如此,那个以前总喜欢挖苦宵芒的小姑娘也一反前态,现在两眼中满是闪烁不止的崇拜目光,口中更是真心的赞美,直教鬼王大叔浑身上下无一处不向外冒喜气!

"过奖了,过奖了!

"我先回,我先回,哈哈!"

眼见自己主人和小姑娘都在夸赞自己,一脸喜气的鬼仆还不忘满口谦虚,抱着醋钵大的拳头嘿嘿谢了一声,便准备赶紧回到冥戒中去,好一个人慢慢回味一下这份难得的战功荣耀!

只是,就在这四海堂徒众充满温馨祥和的时刻,正准备化作一道青烟回返冥戒的鬼王,却忽见身前这对刚刚还在赞赏不已的主人兄妹,却如约好一般，蓦然张口结舌，一动不动，只管从自己宽敞的两足间朝后盯看，仿佛看到什么万般震惊的场面，正是一脸愕然神色！

"呀！出了什么事？莫不是战局又有反复！"

心中念及此处，宵芒顿时吃了一惊，赶紧转身朝后观看。这一看不要紧，目光所及之处，把天不怕地不怕的鬼王也给唬了一大跳！

"怪事，他们在搞什么鬼门道！"

也难怪宵芒犯嘀咕。原来就在他刚刚鏖战过的战场上，那些片刻前还在嘶喊驱敌的千万鬼军，这时却忽然安静下来。数以千万计的鬼卒排得整整齐齐，白骨兵将一处，黑幽鬼灵一处，灰衣巫老一处，这颜色分明的情状，直如棋盘般纵横交错，十分整齐鲜明。

让宵芒觉得诧异的是，眼前这黑白分明的鬼军大阵鸦雀无声，肃然整齐，和先前那番慌乱无术或是混乱杀敌实在是有霄壤之别。那些原本拥挤不堪、看似总数也不是很多的阴兵鬼卒，此刻竟一眼望不到尽头！

这些还不是最奇怪之处。最让宵芒觉得奇怪的，是一望无边的鬼族大军阵列锋头所指之处，正是他们主仆三人！

"坏了！"

宵芒虽然记性差，但绝不是傻瓜，一见这情景，鬼王当即大惊失色，心道这回还是被主人说中了，那些烛幽鬼族还真是跟南海勾结一处，布下这陷阱只想坑自己主人！

念及此处，宵芒又悔又怒，悔的是自己不该发善心，存心帮这些不长进的同族，怒的是他自己作为堂堂罗浮山上清宫四海堂中唯一鬼族，竟然被这些可恶的后生小辈哄骗！说不得，这样的情况下，自己自然该死战不退，一来弥补自己过错，掩护主人兄妹俩安然返回，二来也教训教训这些不开眼的后辈！

只是……

正当宵芒转身，怀着义愤填膺又羞愧难当的复杂感情准备跟小言请罪请战时，却忽见少年主人此时脸上的惊异之色更浓，听他低唤一声后只是抬头跟他努了努嘴，示意他朝后看——

"咦？她是……"

于是，在主人目光指示之处，巨硕如山的鬼仆便看到惨淡无光的阴云下，原本肃穆死寂的鬼军巨阵中央忽然现出一名身着白色长裙的女子，姿态恬静，从奇形怪貌的鬼卒丛中冉冉升起。

也许是隔得太远，女子的具体容貌宵芒看不太清楚，只知道她身姿苗条，颇是好看。等她完全升起到鬼阵上空时，宵芒眯着眼睛打量一番，估摸女子有两三丈高，可能只比自己矮上一两头。

"哼，正主总算出来了！"

见那女子出场的派头排场，不用想定是这群鬼军的首脑。鼻中重哼一声，宵芒心中暗道："哼，别以为自己是女人，有几分模样，俺老宵就不跟你算账！"

原来虽然隔得远，看不清那女子具体长得如何好看，但那一身白裙在惨淡夜空和阴暗鬼阵的衬托下，直如黑水白莲，风华飘逸，长风横过时飘飘吹衣，正是说不出的出尘清妙！

就在宵芒心中酝酿、口里嘀咕，琢磨着该怎样开口跟这坏心肠的婆娘叫阵时，那个在飘摇海风中停伫不动的白衣女子，也隔着遥远的距离朝这边静静地观看。

"嘻——"

正当宵芒想好措辞，吼一声准备开口喝骂时，却见原本静浮半空的女子，忽然莲步轻移，朝这边慢慢飘来。

"好好,倒送上门来了!"

宵芒见状大喜,手提着斩魂巨斧,朝旁边海涛中吐了口唾沫,回头跟小言道:"主人,你和小琼容先退,这里有我老宵顶着!就那婆娘,不是我对手!我……"

正说到此处,宵芒戛然止住,因为他忽见自己英明睿智的堂主主人,已放回刚刚紧攥手中的剑器,脸上神态并不如何紧张,不仅不听自己的建议先逃,还跟自己又努了努嘴,示意自己朝后好好观看。

"……还是主人厉害!"

见这样,宵芒心中无比佩服,赶紧又掉转头,学得小言的从容模样,要看看那婆娘葫芦里究竟卖的什么药。

于是,就在对面这三人凝神注目之中,白衣鬼女终于快速飘到巨大鬼阵阵头。这时候她本就不徐不急的虚空漫步,变得更加缓慢,而且高度越降越低,都快碰到鬼卒的帽头了。

这时候,阴兵鬼卒如潮水般朝两边分开,给自己敬重的族母让出一条路。此后,姿容清逸的白衣女子便落步海涛,凌波微步,朝宵芒这边慢慢走来。

"哦……原来今晚遇着的,是个青面女鬼!"

女鬼靠近之时,宵芒看清对方容貌,见容貌端正的女子脸上毫无表情,如同青玉雕成,看不出丝毫喜怒哀乐。

就在宵芒看清她容貌时,玉面鬼女脚步轻移间,离这边越来越近了。

"呼……邪门!"

也不知怎么,即使面对千军万马也从不害怕的恶灵鬼王,现在面对不管不顾只是款款走来的白衣鬼女,心里直发毛。

在这样压抑的气氛中,似是为了缓解心头焦躁,宵芒扬了扬手中巨斧,劈了劈虚空,便朝对面大声恫吓:"呔!兀那婆娘还不快快停住!"

说来也怪,宵芒此言一出,对面妆容静穆的青面鬼女立即停步。

"哈,还算听话!"宵芒见状大乐,心中喜道,"呵!再怎么说也是一女娃儿,被俺老宵一吓就吓住!我……"

刚想到这儿,扬扬得意的鬼王却忽又张口结舌——

"噼、啪……"

虽然还隔着四五丈远,但此刻万籁俱寂,鬼王还是听到了清晰可闻的细碎破裂声。就在他目瞪口呆中,对面身姿飘逸的白衣鬼女脸上面容竟似乎真和宵芒猜想的一样,是青色玉石雕成,此刻竟正蔓延起灰白的裂纹,一道,两道……

掩盖千年的硬薄玉片,在海风中如同凋零的秋叶片片飘落。当妙丽无双的姿容终于浮现时,一声压抑许久的哽咽便在夜色中静静漫延。

百万鬼卒之前,滔天鬼氛之下,漫步而来的矜持女子已嘤嘤哭泣得如同一株带雨梨花。只稍停一下,她便越过仅剩的这段距离,扑到呆若木鸡的鬼王胸前,泪如雨下,转眼就把全身戒备的鬼王黑甲前襟湿透!

谁承想严阵以待的敌方首脑竟会有如此变故?被扑了个措手不及的久战鬼王脑袋里一片空白,只觉得有千万只蜜蜂在脑袋里嗡嗡响,一瞬间好像自己跟了主人之后好不容易恢复的记忆又全部失去了。

束手无策之际,直等到片刻之后稍稍安定了心神,鬼王才在口中叫道:"哎哎!你是谁家女,可不带这般混赖!你再……"

后续的恐吓之言还没说出,冷不防女子却抬起头,于一片泪眼蒙眬中跟他哭闹:"宵芒,不信你这次还会忍心把我丢下!呜呜!"

听得此言,茫然不知的鬼王大吃一惊,心中只道这婆娘好生厉害,为了耍泼放赖,竟晓得预先打听好自己名姓!

心中震惊,正待问话,他却只觉胸前一痛,赶紧低头一瞧,却原来女子粉拳正如雨点般落下!

……

"谁晓得这婆娘看似不济事,下手力道竟不小!"

胸口吃痛的鬼王心中正胡思乱想,却听女子又哀哀哭诉:"呜呜,宵芒,你好狠心,竟把人家丢下……人家这样一个弱女子,被他们南海的坏蛋合伙欺负!"

此言一出,不仅遭遇"飞来横祸"吃痛的鬼王满脸茫然,旁观已久的小言更是大吃一惊!

谁能想到，端方庄严的鬼女横海而来，竟在众目睽睽之下扑来，跟无根无绊的宵芒鬼灵撒起娇来！

见飘然耸立的女鬼哭得如梨花带雨，甬说脑筋本就不大清楚的鬼王，就连素来机变百出的小言也看不出这烛幽女鬼唱的是哪一出。

四海堂三人中唯有心思单纯的小姑娘见陌生的大姐姐哭得伤心，不知不觉竟受了感染，只觉得自己心中也十分难过，那双仰视的眼眸中逐渐泛起闪闪的水光，竟陪着不认识的女鬼一起伤起心来。

这样有些莫名其妙的场景，到最后还是由小言打破沉默。

"咳！"

清咳了一声，小言便从海波中飘然升到半空，站到与两位身形高大的鬼灵差不多的高度，跟鬼王胸前只顾啼哭的女子抱拳行了个礼，客气地问道："请问这位大姐，是否从前就跟宵芒认识？"

听小言出言相问，白衣鬼女又嘤嘤哭了几声，才从呆若木鸡的鬼王胸前抬起脸，举起长袖，抹了抹蒙眬泪眼，又用袖摆遮住颜面，似是在其后略略补妆，如此之后才微微侧身跟小言福了一福，轻柔答话："回小哥哥话，是呀，我与宵芒大哥，很久以前就认识了……"

"哦！那恕在下无礼，不知姐姐可否告知您是……"

这样询问之时，小言也被女子的软款温柔感染了，不知不觉间问话口气变得斯文起来。只听女子软语答他："小哥，姓名无须掩讳，如若小哥不嫌弃，就唤我一声'婴罗'吧。"

"婴罗……"

"婴罗"这名，小言委实从未听过，口中将这个名字咀嚼一阵，实在不得要领，小言便转向宵芒想问他这婴罗到底是谁。

只是，等小言转脸望向自己这位刚刚他乡遇故知的高强鬼仆，却见他也是一脸茫然。虽然眼光沉定似是若有所思，但瞧那副不得要领的模样，显然并没想起眼前这女子是谁。

这时，婴罗见小言二人听到自己的名字后仍然懵懂无觉，也不惊奇，只是又轻轻说了一句话："小哥，还有宵芒大哥，我这名近千百年来倒不常听人唤起。大多时候，他们都叫我'烛幽鬼母'。"

"哎呀！"

婴罗此言一出，小言、宵芒大吃一惊，连只顾伤心的琼容也吓了一跳！

"您……您就是烛幽鬼母？"

虽然先前心中已经隐约想到，但此刻亲耳听闻，小言仍是十分震惊，忍不住又追问了一句。

"嗯！"

报出自己名号的鬼母婴罗，此时一扫刚才的婉娈情态，举手投足间不自觉便流露出一股睥睨天下的傲人神气。目睹她这番自然流露的情状，再看看她身后浩阔海面上群鬼慑服的气象，小言心中已对她的话信了十分。

尽管这样，小言对万鬼之雄的鬼母是如何同自己偶然收来的鬼仆扯上关系,还是一头雾水,满心茫然。

就在这时,宵芒终于开口说话了。这位同样一头雾水的鬼王,跟身前一脸期待的鬼母瓮声瓮气地问话:"这位鬼母夫人,我老宵认识你吗? 我怎么从来不记得!"

"嗯! 我们认识,很早就认识。"

见鬼王丝毫记不起和自己的关系,此时恢复常态的鬼母毫无仓惶之色,只是抬袖在空中一拂,转眼修长如玉管的手指间便多了一物。将指间之物恭谨地呈递给宵芒,说道:"宵芒大哥,等你看了这封书信,所有事情便全都知晓了!"

"好!"

宵芒这时也急着知道自己的身世来历——这也是他之前机缘巧合拜小言为主的原因。于是宵芒赶紧将婴罗递来的那封书信抢到手中,瞪起铜铃般大眼,开始颠来倒去地仔细翻看起来。

当他将这七八页阔大的灰暗书信翻得哗哗作响之时,小言固然一脸期待,琼容更是忍不住直接开口问道:"宵芒大叔,那信里写的什么? 能跟琼容说说吗?"

"这个这个……别急,别急!"

在小姑娘问话时,宵芒鬼王终于翻到了最后一页。

等将最后一页凑到眼前,几乎挨着鼻尖蹭着眼皮上下地扫视一阵,宵芒便合上了书信,递给小言,说道:"你帮我念念,我失忆后不认字了。"

"……好!"

接过宵芒递来的信札,小言从封皮开始帮他读。

"宵芒台启——"

"对对!"

刚读完封皮上那几个笔力雄浑的大字，宵芒就大叫道："我知道这信是写给我的！我认识自己的名字！"

"嗯。"

念完信札封皮的抬头，小言便翻开这封鬼气森森的巨大书信，将七八张纸上书写的事情一字一句地念给宵芒听。

等将这封写给宵芒的书信念完，小言这才知道这位跟随自己一两年的仆从详细的来历身世。原来，自己这个不经意收来的幽冥鬼仆，千百年前竟然是南海割据一方的烛幽鬼方雄主、号称"烛幽照海"的司幽鬼主宵芒！

这封笔力雄奇的信娓娓述道，说宵芒鬼王领天地万鬼居于世间最阴幽昏暗之地，千万年来偏安一方，与世无争，本欲与天地同寿，万灵同欢，谁知有一日，毗邻的南海龙族心生歹意，不仅趁隙挑衅，屡屡侵袭鬼方安息之地，还在屠戮数万英灵之后，侵占鬼方圣域鬼灵渊，变名为"神之田"。

面对这样的步步紧逼，鬼主宵芒与鬼母婴罗并肩作战，带领烛幽鬼众奋勇抗敌，终于让南海龙军在烛幽鬼域前止步。

只是，数百年争战之中鬼方兵众限于先天体质，在龙鬼争斗之时屡失先机，往往敌军只需一簇明烈之火，便可抵挡数百烈鬼雄兵。

对于这样的先天劣局，鬼方中的有识之士很清楚，如果不从根本上扭转局面，则千百年下来此消彼长，总有一天鬼族会遭遇族灭之劫！

正因如此，为了从根本上扭转不利局面，经烛幽鬼方中所有德高望重的巫老讨论一致认定，鬼族必须派一位法力强大的族人前往四海神州寻找破局之方，学习逆转阴阳的奇术，从而让先天阴冥的鬼灵在战斗中不再惧怕阳烈火物。

主意已定，接下来便是议定外出寻探这项奇术的人选，经过鬼域首脑们仔细研究商讨，最后选定鬼方中法力第一高强之人也就是烛幽鬼主宵芒。

因为根据各位鬼巫多方了解，出得烛幽鬼方这个聚集阴冥之气的先天鬼地,到得阳和之气丰沛的人世间,只有鬼力强横者才能抵挡得住那阳和之气的日蚀月侵。

而且逆转阴阳的奇术,又是何等宝贵神奇?即便机缘凑巧,没有个一千几百年的时间恐怕也不能成功。考虑到寻访任务如此漫长,放眼整个鬼域,也只有法力最为强大的司幽鬼主才能胜任。

就这样经过一番仔细磋商筹划,司幽鬼主便将整个鬼域的事务交给了义妹烛幽鬼母,自己则轻装简从,出得永远昏天黑地的烛幽鬼方,去往神州荒外寻访扭合阴阳、出幽入明的乾坤奇术。

"哦!"读到此处,小言恍然大悟,"原来婴罗鬼母不是宵芒的恋人,而是他义妹!"

念到此处小言和宵芒一齐恍然,不约而同朝婴罗看去,直瞧得鬼王义妹羞意上颊,垂首赧然。

小言接着读信。这封信接近末尾又写到,说是司幽鬼主临行时,族中最能卜算的巫祝用了多种鬼族秘传之术占卜,无一例外地都得到同一个结论,那就是鬼主宵芒归来之日,便是他奇术修成之时!

"呃……"

读到这里,小言心里咯噔了一下。其实他从刚才读信时起,就一直为自己不小心变成鬼主之主而惶惶不安。

他心说:"难道……难道我那炼神化虚的太华道术,竟是烛幽他们要寻访的奇术?"

想到这里,小言用眼角余光观察了一下,察觉到烛幽鬼母还有她身后那些光怪陆离的鬼怪,全都洋溢着一股欢欣鼓舞之意。

见此情形,他心下更是发虚,心道万一自己那道法不能真正管用,岂不是坏了他们鬼族的千年大计?惶惑之时,又想到信中所述果然不虚,世间阳和之气对烛幽鬼灵的侵害果然无比之大，竟让身旁当年英明神武的鬼王认得的字只剩下两个。一想到这点，小言心中便更加慌张。

到这时，他手中这信也读到尽头。信笺最末，小言发现落款处的署名竟无比熟悉，写的是：宵芒。

原来手中的书信，还是鬼王宵芒当年自己写给自己的！

将此情告知宵芒，鬼王大为懊恼，跺脚悔道："晦气！ 如今大字只识两个，以后要跟主人重新学习读书写字了！"

只不过鬼王懊悔时，却忽听小言讶异一声，说是让他别急。

原来小言发现，信末落款之后一页还有附言，说是当年宵芒已料到他自己会有今日之局，便在此页留了一道钤印，只要千年后自己再将拇指按在钤印上，千百年前的所有记忆便全部都能想起！

"倒霉！"听得小言将自己当年的留言相告，憨直的鬼王仍是一声埋怨，"这宵芒真是脑筋不灵光，这样好用的钤印，竟藏在最后一页！"

一边埋怨，宵芒一边依言将右手大拇指按在书札末页那道钤印上。当他的拇指触到那枚黯淡如水、流转如漩的印记时，蓦然只觉眼前幽光一闪，一道灵光自书间跃起，一闪没入双眉之间。

刹那间，仿佛束笼住往昔记忆之河的神秘堤岸在这一瞬轰然决口，各样欢乐的忧伤的快意的痛苦的记忆如潮水般涌来，漫过全身，转眼间就将他洗刷一新！

"原来……

"你是婴妹？"

恢复过往记忆的鬼王，脸上已换上了凝重的神色，记起所有前尘往事之后的第一件事，便是回转身形，紧紧握住婴罗的手。

千年后两人再度相对凝眸时，他们都从对方的眼睛里读出些从不知晓的东西。

静静相望的眼眸这时变得仿佛能够说话，一个似乎在说"当年，你的心思难猜透……"，另一个在说"那时，我不知如何能挽留……"。

就这样注目凝眸，过得许久，司幽鬼主才回过神，给眼波如水的女子介绍小言和琼容。说到他二人时，也不待小言谦逊反驳，恢复记忆的鬼王仍是执仆从礼，恭谨无比。宵芒告诉婴罗，小言兄妹二人都是鬼方的恩人。

在这之后，千万鬼众便用鬼族特有的方式欢舞雀跃，对刚刚归来的鬼王表达拥戴之意。一番宏大的欢庆之后，鬼母婴罗的军令便如流水般颁下去，成千上万的魑魅魍魉、鬼灵战将有条不紊地回归到各自的冥暗洞窟中去了。

恢复本来面目的烛幽鬼主，仍记着旧主此行的目的，便请兄妹二人前往鬼族幽都议事。

就在前往鬼域圣城九冥幽都的路途中，穿过几片漆黑如墨的冰冷海泽，又走过一条漫长的白骨甬道之后，已沉默好久的琼容终于忍不住开口说话了。这一次琼容问话的对象，是那个刚刚认识的大姐姐。

"鬼母姐姐……"

让小言和宵芒有些惊奇的是，此时憨直小丫头问话中竟带着几分瞻前顾后的迟疑声调。

"嗯，琼容妹妹？"

听小妹妹喊自己，靥白如玉的鬼母便停下轻飘的脚步，回身伫立，满面含笑地看着她，专心等她说话。

"是这样……"

也许是美貌的鬼母姐姐和蔼的面容和温柔的语调鼓励了她，琼容在一阵踌躇之后，终于怯生生地说出了那个一直盘桓在她心头的重大疑问："鬼母姐姐……你每天吃一百只小鬼之后，还会吃小妖怪吗？"

第十二章
落日金熔，涉云梦之无极

小言与琼容随鬼王兄妹二人前往九冥幽都的路途中，一路几乎都是在黑暗中行走。不知是鬼域习俗，还是鬼母为了显示诚意，一路前行时，除了鬼王和鬼母二人，并无其他随从。

一路无语，这样在黑暗中穿行了两三刻工夫，周围的景象渐渐变得不同。冰冷海水下，原本眼前一抹黑的墨色里渐渐有了亮色。就在琼容一声诧异的叫声里，小言发现身旁渐渐飘起一朵朵幽冷的光团，颜色或紫或蓝，好似春天里那些吹在半空的蒲公英，在自己身前身后隐隐现现，荡荡悠悠，散发出一抹抹淡淡的幽光，给暗黑的水路涂上些朦胧的亮彩。

见这样奇异的光团出现，听婴罗介绍，小言才知这些飘荡如云的冷色光团，正是鬼方水域中特有的"阴魂水母"。这些鬼物中难得发光的生灵，平时必要时鬼域中就拿来照明。

在这些鬼域特有的水母灯笼照明下，小言渐渐看清了两边的路，只见身边两侧尽是弯曲如弓的长巨白骨，犹如巨鲸的骸骨整齐地排列在两边，在头顶相对合成一条白骨皑皑的巨骨长廊。

在这样的海底长廊中行走，偶尔朝头顶看看，便见到那些高高飘飞的发光水母在一根根白骨顶端旁缓慢飞行,不时照亮一簇簇闪耀着雪白寒光的锐利骨尖。

借着水母的光辉,小言还看到近在咫尺白骨根侧的海沙中会不时闪现出一两具半埋的骸骨,常常是面目狰狞,空洞的眼窝中幽光闪烁,如若活物。

这样又行走了一时,小言见过不少可怕的骷髅骸骨之后,心中忽然想到,好在自己身边这些照明水母光亮幽微,才没让他和琼容看到更多可怕的事物。

当阴森可怖的白骨长廊终于走到尽头时,小言、琼容便在女主人与四周景物风格截然不同的温柔提示声中,来到了这座外人几乎从不知晓的鬼域核心九冥幽都中。

等走进这座九冥幽都,小言留意打量一番,发现与其说它是座鬼族都城,还不如称它为一座气势恢宏的高大巨塔。

对应着"九冥"之名,幽都巨城从下至上高有九重。在一路幢幢鬼影中,小言和琼容跟在鬼王鬼母身后一路飞升,朝鬼母的议事之地幽都九重之上飞升而去。

这样的旅途,对于从未有过如此经历的少年来说仿佛是一场梦魇。一路小心飘飞之时,除了要避开那些奇形怪状的森然鬼物,还要紧紧捂住还有些怕鬼的琼容双眼,免得她被吓哭。

这样一路飘升,小言渐渐地熟悉了四处乱舞的鬼物,慢慢定下悚然的心神朝四周环顾,他便发现越往幽都顶处升去,身外四周那些形形色色的鬼怪便越来越少。不但数目减少,外貌也逐渐变得正常,越来越端庄完整。

一路观察,等过了七重八重之时,小言见身边剩下的鬼影已寥寥无几。少有的几个,也是身形高大,面貌庄矜,浑身上下袍甲俨然,或着明丽铠甲,或披柔滑长袍,如一座座悬空的塑像般浮在鬼都塔城高处巨大的空间里,面无表情,庄严肃穆。

一片死气沉沉之中,只有当鬼母这行人经过时,他们才一个个地低头行礼。等这行人过后,又很快恢复先前的死寂神气。这样一路行走,在小言看来,就好像鬼方的核心是一潭死水,有人经过时就似在潭中投下一粒石子,惊起几圈难得的涟漪后便又很快恢复沉寂。

如果说,此时的路途多少让小言有些心惊胆战,毛骨悚然,等他终于和鬼母他们一道升上九重之上的烛幽鬼殿时,心中一时却只剩下"壮丽"二字!

原来,当小言终于从八重城池顶壁上一个不起眼的悬空石梯螺旋而上,踏上占地广大的烛幽殿顶后,只觉周围一片苍茫,四处云蒸雾绕,天风浩荡,显见他们现在的立足之处已是在半入云间的高穹之上。

透过身侧依稀的云霾凝目四望,小言发现九重之上的宫阙占地广大,广场一样的宫殿中几无建筑,整个云雾缭绕的幽都顶上只有极东处高耸着五根巨大的玉石岩柱,如一只手掌般拥着一个坐东朝西高高在上的黑玉石座,黑玉石座面对着黑夜降临的方向巍然坐落。其他各个方向,望过去都是一览无遗!

可以想象,往日戴着青玉面具的鬼母婴罗坐在云岚缭绕的黑玉宝座上,面对着如云鬼众的顶礼膜拜,场面是何等壮观浩大。

在已是高天之上的幽都云顶再朝上望去,小言便见更高的天穹中漆黑如墨,其中云縠皱皱,光泽荡漾。偶有阴云飘过,黑墨云天便一阵光影缭乱,仿佛一阵轻风拂水而过,推起一道道迷离的纹翳。

如此深邃幽暗的天空,若是抬头看得久了,便觉得魂灵仿佛也要从心底被吸起,如一缕水汽般飘浮到无尽的黑空中,和那些流离的云气天波在一起。

"呼……"

面对摄人魂魄的深邃虚空,好不容易才将目光收回,小言竟不知不觉长舒了一口气。

他努力平静了一下心气,问过鬼王鬼母,才知头顶这样奇异的云天,正是庇护一方鬼域的"黑暗天幕"。

烛幽鬼方上空,永远遮盖着幽邃的阴云天幕。黝黯得仿佛能吸收一切神魂目光的神秘虚空,就如一层永不消损的巨大穹隆,保护着下方千千万万个生活在黑暗之中的生物。

在这样空廓的云空上,幽邈的穹幕下,一阵天风吹来时,小言望着前面那位飘摇风中的顾秀女子,一时竟有些出神。

拂去一缕缠绕腰间的冰冷烟云,少年在心中淡淡想道:"唉……高处不胜寒,也许这样空旷的殿堂、幽远的天空,更让人觉得孤单……"

到得此时,小言对婴罗鬼母初见时那声自称的"弱女子",终于不再觉得可笑。也许,那副已经破碎的青玉面具,只能遮住娇弱的容颜,却挡不住内心的孤苦无助。

正当小言立于这样庄严壮观的鬼域奇境中默默出神时,忽然听得有人唤他:"老爷!"

"呃?"正自默然的小言闻声一抬头,却见正是前面那个娇柔的女鬼,此刻正立定回眸,轻轻呼他。

"……老爷?"

入耳的称呼如此陌生,直等小言愣了片刻醒过来,才知道婴罗鬼母正是在称呼自己。

"咳咳!"

听得婴罗这声称呼,小言正是哭笑不得!

不用说,这应是婴罗知道自己爱戴之人已认了小言做主人,便也按着世间习惯,忽然叫出这个"老爷"的称呼!

自然,这个在婴罗看来十分正确的称呼,小言是万万不敢当的。

刚才这一路上,他就一直在琢磨该如何处理自己与宵芒的主仆关系。很明显,按着凡间说法,宵芒现在已是归宗认祖,恢复本来身份,重为一方之主,如果现在自己还将他"宵芒来宵芒去"地随便使唤,那便实在没礼貌至极。

本就觉得不妥,在婴罗唤出这声在自己听来十分别扭的"老爷"之后,小言便正式跟他二人提出,说既然鬼仆之说是在宵芒失忆时定下的,那现在宵芒恢复记忆,这主仆的名分便该自动解除!

这番本就合理的说辞,由自小便口才了得的小言说出来,真个是鞭辟入里。这样的情形下,小言本想着宵芒该欣然接受。谁知,听他说过之后,已经恢复记忆神思变得无比睿智的司幽鬼王,偏偏在这事上仍是固执无比,坚持认为既然已经许下承诺,便绝不能因身份转换便就此推翻。

这样一来,原本一件十分理所当然之事,到最后竟变得纠缠不清。婴罗也加入进来热烈辩说之后,只有琼容一人一会儿看看他们争论,一会儿扭头瞧瞧四下风景,显得十分悠闲。

到最后还是小言这位"老爷"灵机一动,想起当年那些市井街坊之间的习惯,郑重宣布,说既然宵芒仍认自己为主,那现在自己就正式将其解雇。从此之后,两人半师半友,小言闲时可来跟鬼王修习鬼术,鬼王有空时依旧可来跟小言一起究研太华之术。

司幽鬼戒,一来因为上清宫弟子魂魄仍在其中修炼,二来也算作纪念,便仍留在小言手里。

这样一来,宵芒终于接受。

在这一番复杂的商量后,几人又说了几句当前的战局,婴罗便招来幽都下面几重的鬼将部众，来九幽穹顶上一齐欢庆鬼王回归。庆典结束，重为鬼方之主的宵芒鬼王便宣布了回归后的第一道谕旨，称烛幽鬼方将与四渎水族、玄灵妖族结盟，一起讨伐背信弃义的南海龙族。

不用说，这样的结盟决定，无论对哪方来说都是水到渠成。这件互利之事宣布之后，数百年来备受欺凌的鬼族部众全都欢欣鼓舞。刹那间静穆肃然的九冥幽都云顶好似沸腾了起来，鬼族部众张牙舞爪，嘶嘶吼吼，全都在用鬼族独特的方式欢呼庆祝。

望着这些喜气洋洋的异类灵族，小言高兴之余想起种种往事，心中便突然有种预感，只觉得穷兵黩武的孟章水侯，做惯了雷公打豆腐的便宜勾当，这回恐怕是一脚踢到铁板上，最后难得善局了。

想起跋扈水侯，便忆起了苦命女子雪宜，一时间雪宜种种音容笑貌，宛到眼前，于是小言心底便不免一声叹息。

过得这天，小言觉得此行斩获颇巨，任务更是顺利完成，便跟鬼王鬼母表示要尽早回去。见他辞行，虑其重任在身，宵芒与婴罗也不便挽留。第二日下午，他们便陪着小言、琼容二人一起来到域中边缘一处奇地，准备和他二人殷殷话别。

鬼王口中这一处烛幽鬼方惯来送别贵客的奇境，名为"净土之滨"。从九冥幽都向西南行走上百里，越过平静如镜的"不垢之川"，便可走到此地。

小言随鬼王一行到了不垢之川外的净土之滨，便见头顶庇护鬼方的黑暗天幕已变得颇为淡薄，整个净土之滨中充满了青白的光色。氤氲弥漫之际，就仿佛整个狭长的净土之滨是一座奇特的渡桥，一头连着黑暗，一头连着光明。

听鬼王鬼母说，净土之滨确实连接着阴阳。在净土之滨通往外界清明海域的尽头，立着一座白光辉映的高大拱门，名为"净土之门"。这座鬼域中少见的圣洁光门,正是南海得道鬼灵的转生之所。

以前,所有符合往生条件的鬼灵都是从这道光门中转出,如莹洁流星般穿越无尽的虚空,直至到达传说中的神域圣境西昆仑山。只有到达那处传说中的存在,并通过掌管永生的西王母、掌管轮回的长公主考验,一路辛苦修行的南海鬼灵才算真正到达无上大道的彼岸。

据婴罗所说,自从宵芒出走后上千年中,虽然烛幽鬼方中也出了不少可以转生成圣的鬼族尊者,但他们都愿共赴族难,于是转生之门自鬼族圣地鬼灵渊陷落之后,便再无一灵从中转出。

也正因如此,在岁月消磨之下,原本就知之不详的西昆仑之事便变得更加模糊,以至于当好奇的琼容兴致勃勃地出言问询,准备听西昆仑的好玩故事时,两位鬼族首脑也只是言语含糊,略略说了一些几乎众所周知的梗概之后,便再也无话可说。

且不提其中略显遥远的故事,再说小言,骑着浑身黑气缭绕的鬼马在这样的往生之地中行走一刻,等接近那座光辉灿洁的转生之门时,便抱着琼容跳下马来。他将鬼马丝缰交给鬼王身边的随从后便牵起琼容的小手,两人一起走过那道颇负传奇色彩的光门,走上这方鬼域净土延展到清明海疆中的白石坝头。

等几乎走到石坝尽头,呼吸了几口似已暌违很久的清凉海风气息,小言便放开琼容的手,回头一抱拳,用新的称呼跟鬼王鬼母恭谨告别:"鬼王兄,婴罗姐,送至此地已算十分盛情,二位请回吧!"

"哈,好!"听他告别,宵芒也不多言,爽快应答一声,便和婴罗一道在净土之门外含笑并立,跟这兄妹二人挥手告别。

双方依依惜别时,并没能注意到,身边起伏如常的海浪风波中,本是橘红鲜黄的夕照光影里不知何时悄悄浮现几丝异样的颜色……

第十三章
劫生歧路，转瞬天外金貌

"鬼王兄——"

殷殷话别后，正当小言面对着青黑的海水就将涉波而入时，不知何故心中却忽觉有些异样，便转过头来问鬼王鬼母："莫非鬼方的黑暗天幕到了这儿，真是阴气消散、阳气大涨吗？"

"嗯？"听到小言这么问，宵芒与婴罗对望一眼，心中忽生警兆。抓住远方飘来的一丝风尾嗅嗅，宵芒几乎与婴罗同时感应到，周围波动的气息中似乎忽然掺杂了些奇怪的味道。

"这是……"

就在鬼王兄妹面面相觑时，周围本来明亮的天光却突然黯淡下来，原本一波一波冲刷着海滨黑石的雪浪烟涛，这时忽然息了浪头，安静下来。

于是，周围一时好像坠入深夜，忽然间显得十分静谧。小言立在岸头极目远望，只觉得远方的海空中乱云飞动，好像有一团巨大的暗云正在朝这边飞快移来。

"嗯？"感觉到飞速移动的乌云中有几分仓惶之意，小言心里颇有些惊奇，"奇怪，这里是鬼方大后方，怎么那片鬼云竟好像奔逃而来？"

心里这念头还没想完,那片慌乱的鬼云就已飘到近前。几乎只是眨眼之间,小言面前这片原本清净平和的大海上已是黑云密布,千千万万个鬼影狂奔乱舞,四处的黑暗中鬼影幢幢,十分骇人。

当然,现在小言和这些鬼怪算是一伙,见他们慌慌张张、挨挨挤挤地涌来,第一个念头不是害怕,而是想搞清楚他们为什么一副溃败奔逃的模样。

这个疑问很快就有了结果。在一片喁喁嘈嘈的鬼语声中,纷乱鬼群中终于有一鬼越众而出,跳跳飘飘地来到近前,跟小言行了个礼,便开始跟宵芒、婴罗激动地报告起这场变乱的原因来。

虽然小言近旁的这位鬼将并无实体,巨大的黑风袍盔下除了盔帽中飘动着两点荧荧闪烁的通红鬼眼外,其他都空无一物,但小言还是可以从这副盔甲在空中乱颤乱抖的情形判断出,正在禀告敌情的鬼将激动非常。

"好个不开眼的南海邪神!"听完部下禀报,宵芒筋肉虬结的雄武面容上浮上一丝怒色,转脸跟小言说道,"可恶,竟连我跟旧主人道个别,都要搅得不安生!"

原来刚才无身鬼将报告,说是南海龙族镇守鬼灵渊的浮城大军,在多年鏖战试探后,终于弄清他们烛幽西南方这处狭小的净土之滨,正是烛幽黑暗天幕鬼阴之气最弱之处。

烛幽鬼域巨大无朋的黑暗天幕,一直是众鬼灵的天然保护物。每当先天气质吃亏的鬼族兵众不敌南海神兵时,只要退到暗无天日的黑暗天幕附近,便鬼力大涨,常常能反败为胜,将追兵打退。

对南海来说,这一点自然十分棘手,他们一直以来都在竭力探寻破解之术。蹉跎多年、付出许多代价之后,最近他们终于探察到,原来就在鬼方后方大洋深处的西南方,鬼域边缘那处充满青白之气的狭小所在,阴气减弱,阳息最易侵入。

在南海龙神部将眼里，这处充满柔和洁净之光的净土，就好像给这个密不透风的鬼幕开了一个小小的缺口，让他们有机会大举侵入。

除此之外，他们还发现似乎这处难得的缺口，天生有一道阴幽之气十分薄弱的通道通向幽暗深沉的鬼方内部。

因为净土之滨是鬼方中得道的圣灵转生飞举之所，为了让这些差不多已经脱离鬼胎的族灵顺利到达净土之滨，鬼方便从烛幽鬼方深处的九冥幽都开始，一直到小言脚下的净土之域，开通了一条压抑鬼气灵机的通道，名曰"阳和通道"。

正因如此，此时相比那些误打误撞之下还有些懵懂的南海神兵，小言身周这些熟知内情的鬼族上下，更知道事态的严重性。

有些凑巧的是，当孜孜探索的南海神灵们百十年后终于找出一点破绽大举来攻时，却恰好也堵住了小言、琼容这俩偶尔到访的访客的回返之路。

因此，当鬼王鬼母指挥若定，重新集合起溃败而来的鬼族残兵在净土之滨前稳住阵脚时，小言责无旁贷，也和琼容一道跟一众鬼方首领同到面向西南的两军阵前，和那些处心积虑席卷而来的南海大军对峙。

当小言真来到鬼方阵前，立到与南海战阵交界的海面上看到对面南海大军时，竟一时被眼前扑面而来的壮丽气象震撼得说不出话来！

原来，就在前面海阔天高的云天下，从东到西，从南到北，站立了不计其数的神人兵将，个个都神焰腾腾，金光辉耀。成千上万个闪耀着金红之色的神灵汇聚到一处，光影交错，金光灿烂，铺陈在眼前就好像一片无边无际的金色海洋。那些在真正的海水波涛上飘摇上下、神焰纷飞的海神灵将，便像是流光溢金的海洋中动荡不停的涛浪。

立在这样刺眼的金色海洋面前，已在暗无天日的鬼方中待了几天几夜的少年，刹那间似乎已经眼盲。等过得一时眼睛稍微适应了一点，小言再看看身后身前，便忽然发现此时自己正站在光明与黑暗的交界边缘。光与暗纵横交错之际，饶是他极力镇定心神，也仍然忍不住一阵头晕目眩，似乎只要一不留神就会倒在眼前仿佛滚热熔浆般沸腾的金色海洋上。

正当他努力稳定住已经有些摇摇晃晃的身形时，忽然感觉到自己身边的琼容正挨过来，双手死死扯住自己的衣袖。原来即便小姑娘胆大包天，此时在这样宏阔壮大的景象前也有些害怕。

也难怪她害怕，在这样生与死的神鬼战场上，一切温良谦恭都是无用废话。在光与暗的边缘轮廓稳定前，光影模糊的交界处如开了锅般沸腾了数十下，眨眼间上百场剧烈的斗法便已结束。

千百个神鬼魂飞魄散之后，光与暗的阵线才稳定下来，在小言身前身后划下颜色鲜明的界限。战线刚一稳定，鬼怪们便忙着到处涌起阴冷的白冰壁障，南海的神灵们则肆意燃起光辉灿烂的火焰垒壁。直到这时，双方主将才有机会说话。

于是，就在两军僵持之时，小言对面金色海洋中已奔出一将，神将骑着一头浑身披金戴焰的神狮来到阵前，无比威严地朝这边叫喊。

和鬼方那些咿呀难明的鬼语不同，此时那神将正气凛然的话语小言听得十分明白。稍听了几句，他便发觉即使是这样光辉璀璨的神兵灵将，在两军叫阵时也只是满口老调重弹，翻来覆去只是劝烛幽鬼怪们尽快束手就擒，这样便可获得他们龙侯大人的宽恕。

这位神将不遗余力喊话时，小言听着听着，不知怎么想起那次雪降罗浮山之时，南海的神灵也是用这样居高临下的神气，说着些自以为十分宽厚仁慈的话。

一时间，本来等着看鬼王鬼母如何处置的四海堂堂主，心里忽然怒火蒸腾。愤怒之时，回头看看，只见豪迈的鬼王满脸鄙夷，一言不发，似是不屑跟敌手做口舌之辩。烛幽鬼母，此时也是沉默如水，一脸柔婉地立在鬼王身旁，似乎只将他认作主心骨，不再露面抛头。

见这样，小言回身一礼，道："鬼王兄，婴罗姐，让我去会会南海神将！"

一言说罢，他便拔剑在手，脚下生风，飘然向前越过数十丈，来到两方冰火壁垒之间数里方圆的缓冲地带。

到了光暗交错的中央，离得近了，小言看得分明，原来在阵前跨狮叫喝的南海神将，身形健硕，凤目蚕眉，生得十分端正凛然。看他面相，大抵似是凡人三十岁左右模样。他全身上下，都是金袍金甲，光色鲜明灿烂。明光烁烁的甲胄鳞片中，又有许多股细小的金焰吞吐不定，将整个人衬托得金光灿烂。

仔细观看之下小言才发现，原来神将俊朗面容上熠然闪烁的金色辉芒，并不是身上金焰盔甲的映照，而是他脸颊上确实流淌着一层稀薄的金色汁浆，如金汗般在脸上反复漫流。他手上紧握的那柄流金巨镜，半月形刃口上雪光铿亮，整个镜柄上金焰纷流，十分绚烂。

当小言正留神打量时，对面金面神将见有人奔来，也停了劝降之辞，愣了一下才高声喝道："来者何人？看你面相，当为人道，为何跟那些妖魔鬼怪混在一起？"

听他问话，小言也不多说，只简单回答一句："在下张小言。你是？"

"张小言？"

小言话音未落，一脸傲然的南海神将忽地悚然动容，收起先前的倨傲神色，又上下仔细打量了小言几眼，便不觉微微点了点头，暗道："果然，没说谎。此人与祸斗城主所述的杀害无支祁将军之人，相貌倒是十分相像！"

原来跨狮横镜的神将，正是南海龙域八大浮城之一焱霞关的副城主，名为须焰陀。这回前来征伐烛幽鬼方，数万号称"妖火神兵"的焱霞关军众正是主力。

说起焱霞关部众，其实他们自成一族，都是城主祸斗神麾下的子民。传说中，祸斗神族天生属火，一向以烈火为食，十分勇悍。

焱霞关副城主须焰陀，听小言报完姓名，也依礼报上自己的姓名。于是两军阵前，倒真头一回出现了小言以前常在茶馆评书中听过的场景：双方将领在两军阵前悠闲地互答。

正气凛然的焱霞关副城主须焰陀似乎谈兴甚浓。只因见着眼前传说中凶狠邪恶的少年一副清静平和的模样，他便存了期望，开始不厌其烦地跟小言讲起道理来，期望少年有成的小言能够迷途知返，以天下苍生为己任，不再和鬼方恶鬼、四渎恶龙混在一起，祸害四方。

听得威武神将这样絮絮叨叨，小言觉得十分可笑。不过可笑之余，他倒还真有些感激，因为从须焰陀的这些话语里，小言觉着须焰陀至少禀着他自己认定的正义公理，在设身处地帮他考虑。

只是，这样用心良苦的话语，听在自小机灵活脱的饶州少年耳中，却觉得有几分迂腐。

小言依着礼貌忍了一时，听须焰陀终于又说到烛幽鬼魔如何邪恶，便终于忍不住，打断须焰陀的劝解坚决说道："须焰陀将军，谢谢你的好意。可是，我身后这些你口中'沆瀣一气''含沙射影'的'阴毒'鬼灵，你可曾亲见过他们如何为祸南海生灵？我倒是目睹了你们这些南海大神，为了一己之私为祸鬼方！"

激烈言语说到此处，不待须焰陀辩解，小言便一口气说完："须陷陀将军，我看你应是不曾想过，鬼灵渊对你们南海来说，只是区区一处新辟之疆，最多只为你们所谓的主公英勇的功劳簿上添上小小一笔，但对烛幽鬼方来说，却是他们维系族中精神传继的圣所。将别族中圣地侵占，改名为可以任意割刘的'神之田',只此一件,你们南海便可算为祸鬼方!"

在小言这番早已考虑多时的质问之下,那个本来也挺雄辩的焱霞关副城主,却是哑口无言,嗫嚅一番,最终未能反驳。

满面尴尬地沉默片刻,须焰陀将眼前小言重新打量一番,便知道今日这事万难善了。他在心中叹息一声,想道:"唉,以我数百年阅人经验,现下看这少年气度,他虽然貌似谦恭温和,却实是不为言语所动,我还是不要徒费唇舌了。"

这般想罢,须焰陀便准备开始和小言在武力法术上一较高下。只见他忽然一笑,好像漫不经心般说道:"呵,对了张堂主,鄙将听说,几个月前在你师门罗浮山上,有一女子为了救你被我南海杀死,怎么现在见了我南海天兵,你却丝毫不记报仇之事,反倒费力劳神去替鬼方外人说项?"

"你……"

听得须焰陀之言,小言的心在胸腔中忽然剧烈跳动几下,稍稍停了片刻,才跟眼前问话之人答道:"此乃刻骨之仇,不必多言。"

淡淡答罢,他便振袖横剑于前,对须焰陀严阵以待。

"好!"

见小言这副神气,焱霞关副城主不禁在心中暗赞道:"罢了!这少年果然不凡,我这般挑动,他却仍然心不浮气不躁,倒似是多年老手一般!"

心中这般想着,他便也不敢怠慢,猛然举起手中神锐朝上一格,奋力迎上已如流星赶月般执剑砍来的少年。

只听得镗的一声巨响,锐剑相接时电芒四溅火焰纷飞,顿时方圆数十丈之内罩上了一层金黄的烟尘,倒好像忽然下起金色的雨雾来。

须焰陀奋力接下小言看似寻常的一击之后,只觉得双臂发麻,手中大锐竟似越来越沉重。

见这样，须焰陀更加骇然，极力驱动胯下神狮，朝东南急退，以避开小言锋芒。此刻小言，一击而中，飘然远逝，正踞在数十丈开外的烟波中虎视眈眈，似是瞅准机会要再行攻来。

须焰陀心中突地一跳，骇然想道："嘻，这少年果是邪门！我等神人交战，他不斗法术，却来近身拼搏！"

想到此处，这位南海数得着的悍将立即脑筋急转，心道不管小言玩什么花样，自己也不能落入圈套，真个和他如凡夫莽汉般搏斗。心中念及此处，须焰陀便催动胯下神狮，又朝后退得数丈，才将手中那柄两三丈长的神锐呼一声抛到空中。

只见流金溢火的长锐飞到半空之时，迎着扑面吹来的狂风突然化作一头巨大的金色雄狮，胁生黑羽双翼，威风凛凛！

插翼神狮化成之后，仰天长吼一声便从空中滑翔扑下，朝数十丈开外的小言扑噬而去。

"哈！"

见自己神兵有这样的煊赫声势，须焰陀心中大为安定，心道今日这几乎从不失手的神兵灵器"幻象流金锐"既已出手，无论小言再用什么邪术，也只是不敌。

只是……

正当须焰陀坐镇后方，紧盯着自己那头飞扑而去的幻象雄狮，准备看它如何将小言撕成碎片吃掉以增长神兵功力时，却骇然发现，那只自己刚刚纵放出去的幻象神狮，不知何故竟突然反身朝自己扑来！

"啊？"

见这异常，久经战阵的龙神悍将心中警兆忽生，几乎不用思索便双腿一夹胯下狮骑，瞬间便硬生生地闪到一旁！

几乎就在电光石火的一瞬间，须焰陀懵懵懂懂之中只听得一声碎浪裂石般的巨响，紧接着就看到在自己刚才站立之处，一道光华灿烂的剑光有如闪电般裂空而过，原本风波涌荡的海面仿佛被天雷击中，顿时硬生生地裂开一个方圆数丈的大洞。那头神镜化成的黑翼神狮一个反应不及，转眼就已蹿入大洞中消失不见！

几乎在海水中分的画面映入须焰陀眼帘之时，水洞旁边的海浪波涛中已哗地蹿出一人！几乎不待反应，从海涛中跳出之人又已是人剑合一，如烛幽鬼魅般朝自己飞来！

"这么快！"

心中惊骇一声，须焰陀还是不及思索，仍似本能反应般将那柄没入海水深处的兵器迅速召回，又幻成一头摇头摆尾的巨大幻影毒蝎，朝飞速蹿来的小言扑去，希望即使不能伤敌，至少也能挡上一个回合。

只是，就在眨眼之间，刚才那一幕又迅速重演。反应迅疾的幻象巨蝎，竟赶不上发狠拼杀的少年，还没来得及将他从中拦截便已在他身后海空中倏然扑过。紧接着，一贯追逐既定目标的神镜幻象，便再一次敏捷地折回，朝须焰陀站立之地努力咬来。

于是，神镜自己再次下水，主人重新没命逃窜，正是双双狼狈不堪！

"罢了！"

见得这一情形，根本摸不透小言打斗路数的焱霞大将，心中已战意渐去，惧意渐生。

又这样手忙脚乱地勉力乱斗了几个回合，须焰陀心中忽然想到一事，便忽如堕入三九冰窟，从头寒到脚。

原来百忙中须焰陀想道："这番真是念头想差！我还是先逃回大阵吧，否则又要重蹈无支祁将军覆辙！"

心中退念一生，须焰陀便再无丝毫战意，又奋力躲过舍命少年两次三番的险恶攻击，须焰陀便默念咒语，在自己身后退身之处凭空立起一道红光流动的月洞圆门。

"开！"

事态紧急，须焰陀来不及说什么场面话，便驱动胯下神骑，忙不迭地朝自己用秘术辟开的烈光漩中逃去。

于是，还没等小言来得及反应，看似神勇非常的南海神将便连人带骑消失不见，原地唯留一道红光流动的漩涡圆门。

不幸的是，因须焰陀逃命之心太过急切，便不免显得事出突然，当他逃入烈光漩瞬间被传送到后方大阵中去时，一力进攻追身而去的小言，竟一时收势不住，连人带剑也一起撞入红光流动的神秘光门中去了。

片刻之后，等专心打斗的小言醒过神来，便发现自己已置身于一片金色的海洋……

第十四章
一点浩然气，千里快哉风

"坏了！"

穿过那扇神秘叵测的光之门，小言就知道事情不妙了。

现在到了什么地方？不用四下东张西望，那些神气逼人杀气凛凛的南海精锐神兵，就快碰到自己的鼻子尖了！

"晦气啊！"深陷重围之际小言真是悔恨交加，"轻率啊！还是因为自己最近疏于战阵，放松了警惕，万军丛中第一个出阵的敌将，可是这般容易打的？自己却只顾一味狂攻猛打，这不，中敌人圈套了吧？"

万军重围里，小言一边把大将须焰陀逃命用的奇术当陷阱，悔恨不已，一边手底毫不含糊，使尽浑身解数短兵相接，只想拼命杀出重围去。

这时候真的已是挨上敌人鼻子尖了，这些南海神兵的模样尽收小言眼底。等御剑厮杀一会儿，把这些火焰奇兵的样貌看完全，小言便在心底倒吸了一口凉气："完了，这次八成是回不去了！"

原来这些近在咫尺的南海兵士，个个生得一副神人皮相，身形一丈有余，整个身躯好像都由烈火组成，以熔岩为铠甲，火焰为披风，大块裸露的健硕肌肤上焰光锃亮，随着身躯上下动荡，向四外散发着一圈圈的火焰光晕。

若只是这样还罢了，偏偏火焰纷飞中神兵的脸个个如鹰脸一般，眼目深陷，鼻弯如钩，除去下巴上那撮金红闪耀的火焰胡须，活脱脱就和民间传说中的雷公一模一样。

这样说不出是诡异还是神异的鹰隼脸面，不怒自威，和两边披肩朝上腾耀飞扬的火焰一配，简直就是一尊穷凶极恶择人而噬的杀神！最晦气的是，这样凶神恶煞的诡异神灵，在小言身边何止千万！

不过，当小言被须焰陀毫无章法的烈光漩传到万军丛中时，他附近的妖火神兵也是一脸茫然，不知自己旁边怎么突然就出现一个眉清目秀的少年。

作为在阵中严阵以待的中军部卒，他们并没瞧清刚才远在十数里开外两军阵前的详细情形。这些一直好整以暇的中军神兵，直等到小言挥剑乱舞，似一头凶猛的困兽般左冲右突没命砍杀起来，才终于明白过来：哦，原来这少年，是误入军阵的敌人啊！

等搞明白这一点，这些一直憋着劲要和那些鬼怪厮杀的神兵，终于一窝蜂地挥出两手间蓄势已久的烈火光团，朝小言这个倒霉的敌人轰去。

不过，这样的猛击一时并不能伤了小言，因为小言已经运起旭耀煊华诀，全身布满一层中土闻名的上清大光明盾。祸斗族的士兵扔来的烈光团打到身上时，最多在那层明清如水的护身盾上激起一阵明亮的电芒，并不能伤他分毫。

因此，虽然深陷重围，小言却没有马上束手就擒，一阵神剑飞舞之下，竟被他在密密麻麻的军阵中撕出一条细缝，在浩荡如海的焱霞大军中暂时杀出一条血路来。

过了刚开始那一阵不要命的胡砍乱劈，给自己开辟出一小片运转冲杀的空间后，张堂主稳定住心神，开始真正地把所有学过的看家本事从容使出，意图绝处逢生。

要说以小言现在的法术功力，即使是在万军丛中，如果不求进取，只求脱身，还是不难。朝上便是无穷无尽的天空，他可以御剑飞出；朝下是深不可测的大海，他可以潜水遁走。只是，看起来简单之事，在一阵前后左右冲杀之后，小言却突然发现其实甚难。

原来，这些成千上万看似普通的士卒，实际上力量无穷，竟好似随便一人都能挡他几个回合。无论他是想朝水底蹿，还是往天上逃，总有这些火焰雷公冲杀上前堵住去路。对于这些神兵，以小言现在功力要将他们逼退不难，但要在这样铺天盖地不计其数的神军军阵深处真正打开一条通路，却是千难万难！

这样狠命拼杀，过了没多久小言便发现自己好似被裹进了两层棉被中央，上不着天，下不着水，前后左右、上方下方都有烈火光团朝自己猛烈轰来。

这般情形下，虽然暂时伤不着，但长此以往总有力量耗尽的时候，到那时这样轰轰烈烈迅如奔雷的光团，不说挨上十个八个，就只一个也足够将他炸得粉身碎骨，不复人形！

不过，此时深陷重围的少年并非轻易束手就擒之人。无论小言自己有没有意识到，经过这些天来血与火的洗礼，他已今非昔比。虽然，身在重围，攻击自四面八方而来，他心中有些慌张，但行事毫不慌乱。一路搏命冲杀之时瑶光神剑飞舞如龙，斩尽任何敢欺身向前的火灵。飞月流光斩有如月落星陨，月白光轮一片片一团团地如雪片般飞出，扫荡远近源源不断汇聚而来的神兵。

这样奋勇搏杀的时候，那些能独当一面的祸斗神兵，手中绚丽非常的红光不断闪烁，将勾魂夺魄雨点般飞来的月华光轮死命挡住。红白光团碰撞时，不仅发出夺目光华，还发出只有激烈碰撞时才有的轰隆隆巨响，如若惊雷。

于是，神兵与少年斗法之际，那些能高高在上观察战场全局的鬼神突然看到这样一个奇景：从烈光漩门中追杀而去的少年，在一片浩无边际的金色海洋中冲突纵横，一条被包裹在绚烂红光里的月白色光龙滚滚向前，挟雷带电，正似舞风搅海的蛟龙，所向披靡！

一时间，南海水侯给鬼灵渊起的傲慢新名，倒好像应在了小言身上。汪洋如海的神兵，正如禾苗一样被小言任意割刈。

这时，鬼方军阵中突然响起一线鼓声，转眼就如洪流般滚滚而来，瞬间传遍整个战场。这阵雨点般的沉闷鼓音和龙族那些鼍鼓之声相比，声音并不算洪大，但就是这样低闷沉郁的鼓音，每一个鼓点都好像轰轰敲在心头，惊心动魄，好像要将听鼓之人的三魂六魄都带到九冥幽渊里。

勾魂夺魄的鼓音，正是烛幽鬼方的振军之鼓。在幽沉如闷雷的鼓声里，亲自带头击鼓的鬼神正放声大笑："哈哈！原本我还以为旧主是不小心误入敌阵，原来却只是故意杀敌！婴罗妹——"

意气风发的鬼王转脸看看也在跟着一起专心击鼓的烛幽鬼母，兴高采烈地说道："今日就让妹妹好好看看，昨天我跟你说的旧主的事迹，是不是吹牛！"

一门心思击鼓助威的司幽鬼王，刚才见小言突然从阵前消失不见，转眼竟在敌军大阵深处冲杀起来，他还大惊失色，不仅催动麾下鬼军奋力向前，还身先士卒地发起一阵猛烈冲锋，期图冲进去将小言救出。

只是，有备而来的万千神军何等之强，他们或许一时对困兽犹斗的奇异少年没多少办法，但对这些势均力敌的鬼灵却还是毫不惧怕。一阵猛烈冲击纠缠后，没占到什么便宜的鬼王只好传令部众撤回，固守在临时铸成的寒冰壁垒后，看看能不能再想想其他办法。

结果，耽搁了这么一小会儿工夫，宵芒再看对面军阵中小言的情况，却发现他竟在万军丛中奔走如龙，来去自如，所向披靡！

这般情形下宵芒便把一颗心放下，只招呼着婴罗妹妹还有族中的鬼灵力士一起捶起幽冥之鼓，专心给神勇无敌"故意"深入敌阵的旧主助起威来。

再说那些陈兵百里的焱霞神兵。到了这时，小言冲入己方大阵的消息已如一片风波般传遍整个阵营。现在所有肉眼可见或者灵觉灵思能及的祸斗族神将神兵，都在密切关注冲入军阵的小言的状况。

和鬼王宵芒判断的一样，这些焱霞关的兵将见到小言不管前后左右冲突自如的情状，再联想到刚才须焰陀将军传来的有关小言的来历情况，便几乎全都以为，此时深入大军的小言是有备而来，准备大肆劫掠一番再呼啸出阵。

谁也不知道在别人眼中逍遥自如的神勇少年，此时心底却在暗暗叫苦："坏了，要是再这么下去，我出路没找着，眼睛却要瞎掉了！"

原来此刻小言虽然身内法力澎湃，一时不怕力竭，但总在这样强光闪耀有如太阳直射的汪洋敌军中冲突，过不得多久便觉得头晕眼花，双眼渐渐模糊。看样子要是再耽搁上一会儿，他就有机会和往日饶州西街口的李铁口一样，成为瞽目神算了。

正当小言努力辨别方向只想赶快逃跑之时，却忽觉眼前一暗，光线变得稍微舒服起来。这时候四周本来逼迫甚急的火焰神灵，也渐渐停了下来，个个朝后稍退，竟似在给他让出无比宝贵的空间来。

"……会有这等好事？"

碰上这等异常，小言暗暗警觉，丝毫不敢停下流光飞剑，只是略略凝神，眯起眼，往前面光暗之处瞧去。

只见对面神兵金焰环绕之处，众星捧月般立着一位面目奇异的神怪，身长约有二丈,头如青羊,额上生角,面上似笑非笑,诡异非常。他身上,则是不着一鳞一甲,只穿着一件柔顺的华贵黑袍,配合着羊脸上的表情颇让人觉得一阵阴气森森。

等万军丛里见到羊头怪人之后,小言心中顿时明了:"哦,原来是这黑袍神怪帮我挡了光亮。"

当即,他也不等那羊头怪人说话,脸现惊奇,只朝怪人身后上方看去,也不知道突然瞧见了啥奇异之事。

"嗯?"

见小言这样,那个被祸斗族灵簇拥在中央的羊头神人,心中也甚狐疑,便顺着小言的目光朝自己斜后上方看去。

"吓!"

说时迟那时快,强力神人刚一转头,还没等看到什么奇异,突然只觉得一阵天旋地转,原本还在自己下方的神兵烈焰,转眼竟燃在了自己上方!

"呼!"

一击得手的小言吐了口气,羊头神怪却再也说不出话来。

回首一拳将身首异处的敌人尸体打躺,小言看到跌落尘埃死不瞑目的青羊之首,心中忽然一动:"呵,瞧它死后这模样也很吓人,便把它带着,看能不能把这些火灵唬住!"

一念作罢,小言便又本能般地故布疑阵,收起所有飞月流光和那把瑶光剑,全身大开空门,丝毫不顾强敌环顾,只自顾自地弯腰抓住那只青羊头颅上的旋角,将二目圆睁的狰狞羊头提起系在腰间玄黑腰带上。这样激烈打斗间的悠然时刻,四下竟是鸦雀无声,无一人上前趁机偷袭。

南海赫赫有名的火灵神兵已经被惊呆了。

"……难道吞鬼十二兽神之四的青羊大人,就这样死去了?"

周围的火灵神兵懵懵懂懂,满面茫然,似乎没一人清醒过来。

"实在……"

"太快了!"

还有神兵在心底努力回忆刚才神力强大的青羊兽神是如何被杀的,却发现无论如何细细回想,也只记得那少年朝他一望,青羊大人便鬼使神差般头一转,于是就在那么点工夫,一道剑光急闪而过,声名赫赫战功无数的兽神大人就此脑袋搬家。

那是什么样的邪术?

冷静下来回想起刚才那诡异的一幕,附近所有的祸斗族灵不寒而栗之余,心中又不约而同地盘桓着同一个问题。此战不久之后,这问题便成了南海中一个久久不决的疑案。

至于日后成为南海悬案的"邪术",若是有哪位神灵有机会碰到一个市井中的混混泼皮,并耐心向他请教,便可以知道,张堂主那一望便能蛊惑兽神心灵的奇术,其实市井泼皮也经常使用。

且不说那些神灵个个愣怔,再说小言,到这时,已使出这辈子所有看家本领的少年,终于看到了一线光,准确说是一线黑暗:杀掉一个挡路的羊头怪人之后,在那些呆愣的火灵后方的天空方向,小言终于看见远方那一片阴森诡异的黑暗了。

这一刻,目睹黑暗的少年简直要热泪盈眶。

这一刻,就和所有劫后余生的年轻后生一样,小言只觉得这次如果真能全身而退,回去一定要好好孝敬赡养父母。

这之后,说来也怪,不知是否腰间悬挂的巨大羊头真个吓人,此后一路上胡思乱想的四海堂堂主倒真没遇上什么像样的抵抗。

途经之处的所有火灵,全都呆呆怔怔。虽然光怪陆离的火焰中小言看不清他们脸上面容,但看他们一个个默默朝后退让的情状,显然颇为害怕。

于是,几乎只在片刻之后,小言便带着一身烟火之气,左手提剑,右手拎着那只羊头,威风凛凛地从人群中蹿出,朝玄冰寒垒后的鬼族大阵闪电般奔去。

"嗷!"

当见到鬼王旧主人凯旋时,幽冰壁垒后成千上万烈鬼悍灵一齐欢呼,各样奇怪的鬼哭魂啸汇聚在一处,如凶猛兽鸣。

"哈,哈哈!"

欢呼声中,宵芒哈哈大笑,乐得合不拢嘴:"看看,婴妹看看,这就是我的旧主人!"

一阵大笑之后,等小言上前,接过小言手中那只腔子中还冒着黑气的青面羊头,宵芒端详一番,欣喜若狂,大叫道:"这是青羊!这是青羊!"

饶是离开鬼方这么久,宵芒还是认得出手中这个毫无生气的头颅,正是吞噬过族中无数鬼灵的南海十二兽神之四的青羊的。真没想到恶贯满盈的恶神,今日竟被小言于万军丛中手到擒来,一时之间直让宵芒心思浮动,心道是不是该放下眼前俗务,再去跟旧主人学艺一时!

正自大喜过望,却听小言说道:"宵芒兄,且先别乐——"

"噢?"宵芒闻言顿时退去笑容,脸色凝重,抛下羊头垂手立在小言面前,低着头紧张问道,"敢问是不是发现敌方有什么大阴谋?"

"呃……不是。

"能不能给我先寻条腰带来?"

说话的小言有些尴尬:"刚才没想到这羊头沉重,最后奔得太快,一路颠簸竟把我腰带扯断了!"

"原来如此。"

听得小言这番抱怨，宵芒、婴罗等鬼族首领全部放下心来。等小言说完之后，婴罗赶紧命身边女鬼取来一条骨玉玄丝制成的腰带，亲自奉上让小言穿戴。

只是，就在这时，重新系好青衫玄服的小言却总觉得有点不对劲。

是不是两腿发软，软得像踩在棉花上？

似乎不是。

是不是……如此这般检点踌躇一阵，又举目四望一下，小言猛然惊悟，脱口叫道："咦，琼容呢？"

原来一番苦战后头晕眼花的四海堂堂主猛然发现，自己安全归来，小妹妹竟没颠颠跑来，跟自己磨蹭恭贺。

这一惊可非同小可。小言这声脱口大叫之后，旁边的宵芒、婴罗等鬼族首脑也才突然意识到，那个原本一直在旁边手搅裙角担心不已的小姑娘早已消失不见。等惊觉后朝四处望望，才有鬼目炯然的灵将指给额角冒汗的小言看。

原来不知何时，鬼王的贵客琼容已和她哥哥一样，乘着火羽缤纷的大鸟，跃过敌方高耸的火焰屏障，只身闯到敌军之中建功立业去了！

鬼灵这么一指点，小言再朝西南方向凝目一看，一向平和的脸色顿时就有些发青。不用说，此刻远方那个于缭乱火影中拼力冲杀的小姑娘，一定是琼容了。琼容一定是为了救自己才冒冒失失冲到敌军深处去的。

将冒失的小丫头在心中怪责一句，原本想着一辈子再也不会闯入浩荡军阵的四海堂堂主，只跟鬼王鬼母略略打了个招呼，便重又御剑上前，如飞蛾扑火般投入到汪洋军海中去了。

再说琼容。和小言猜想的一样，救兄心切的小丫头冒冒失失地冲入敌阵之中，开始时还好，渐渐地就被交错纷乱的光焰照得两眼发花，不仅看不到哥哥的去处,就连东南西北也分不太出了。

那些围困她的火灵神兵,虽然看这小女娃也是声势惊人,骑着朱雀,舞着焰刀,声势煊赫,但和刚才面对小言时不同,对她却并不如何畏惧,正成群结队地蜂拥上来,各施奇术,想将看似乳臭未干的小姑娘擒下。

如果要深究眼前情景个中原因,那便是自打随哥哥前来南海征战,琼容这个玲珑可爱的小姑娘上得战场也是武勇无比,一对朱雀神刃也斩杀过不少南海灵卒。只是那些寻常海兵灵将斩得再多,也不及她小言哥哥杀死一位声名远播的远古巨神来得有冲击力。

因此,现在见琼容凶狠冲来,那些神兵灵将也只当她是个小女娃胡乱咋呼,个个奋勇向前,只想将她抓住立功。

这般情形下,正是"双拳难敌四手"。四面敌军如林,琼容难免左支右绌。更何况小姑娘现在足下的神鸟与手中的神兵和那些祸斗灵兵一样都是火属,祸斗灵兵铺天盖地而来时,琼容无论怎么努力抵挡也是吃力非常。

如此一来,可能就在小言脱险奔回鬼方大阵那个工夫,琼容莹白如玉的手臂上就已经添了许多焦黑的伤痕,鲜血淋漓。受伤之时,也不知是不是映了周围敌兵身上金色的火焰,琼容伤处汩汩长漓之血,也闪着一抹亮金的光芒。

俗话说"屋漏却遭连夜雨,船破又遇顶头风",正当琼容受伤快到穷途末路之时,面前纷乱如麻的敌丛却忽然中分,从中飞出一人翩然立在她面前。

发现对面兵将异常,琼容便抬手努力揉了揉眼,极力一瞧,却发现飞出的敌将自己认识:"凤凰姐姐?"

原来挡住琼容去路的主将,正是上回跟她斗过一回的凤凰神女。

此时这位名为绚的凤凰女,依旧神丽不可方物,一片金光灿耀的绚烂神光之中依旧向外散发出千万条璀璨光丽的羽焰,将整个人衬托得壮丽无比。

不过这时，琼容却无暇细看，见大姐姐分开敌群来到自己面前，琼容便叫道："凤凰姐姐，你忘了，你打不过我哦！"

奶声奶气的威慑话语说出，琼容便忐忑不安地等待凤凰神女的反应。这时她看得分明，自己这句厉害话说出口后，对面流丽灿耀的凤凰姐姐便真有些迟疑，鲜丽的嘴唇几度翕动，似是欲言又止。

见她这样，琼容倒有些莫名其妙，要知道现在手臂上一阵阵疼痛传来，疼得她直想吸气，要是真跟对面漂亮姐姐打起来，她也只好努力逃命了。

正在琼容心中忐忑害怕之时，却看到对面若有所思的凤凰神女忽然转身，婉转升空，竟然就此离去。在她身后，一如上回那样留下一道道翩翩残影，似晚霞般瑰丽。

见如此，不光那些正等着凤凰神女出手的祸斗神兵吃了一惊，就连琼容也吓了一跳。此时她是又惊又喜，眼光闪烁惊喜想道："呀，这就吓跑了呀，果然只是女流之辈啊！"

且不提琼容心中感慨庆幸，再说小言。

这一回他再入敌群，毕竟比刚才更有经验，一路拼杀时，于纷乱萦绕的焰光中仍能觑到艰难搏杀的琼容的大略方位。

此时一路杀伐，势头倒比刚才一心逃生更盛更猛，一路神剑月斩闪耀纷华，直如下山的猛虎入海的蛟龙，迅疾凶猛的气势一时竟无人能敌！

这时，拦截小言的南海神兵已没了先前那一回的气势，不知是否因为都知道他刚才斩将而出，他们一路阻挡时便有些迟疑。在踌躇的神兵之间，奋勇向前的小言脸面上溅满了金红血液，在周围明暗交错的光影中显得凌厉无俦。

就这样面目狰狞地奋勇前行，转眼雪色光龙般轰然奔行的杀伐轨迹就已延展到深陷敌丛就快精疲力竭的琼容面前。

"走!"

一看见紧咬牙关苦斗的小姑娘,小言便一声暴喝,从后砍翻几个敌人,蹿到战团中一剑挡住还没反应过来的琼容砍来的火焰神刃,叫了声"是哥哥",便把乖乖放手的小姑娘挟起一把横在胁下,脚下云气催生,转眼间就朝来路没命逃去。

归途中,不知是否敌阵并无常势,两人明明直直奔着来路而去,不知怎么竟绕到一个未经之处。一路竭力冲杀时,忽然一杆大旗阻住了小言去路。

"呔!难道你也要阻我?"

突围心切的小言,此刻正杀红了眼,突见一杆大旗高高耸立面前,杆顶绚烂的旗帜随风飘扬,光华流动,宛若活物,便一心以为这大旗就和刚才那个羊头神怪一样,也是要挡住自己归路。

当下也不及怎么思考反应,小言便一咬牙,张嘴衔住几缕已经披散到面前的头发发梢,提剑蹿上那根粗大的旗杆,一溜烟地跑到七八丈高的杆顶,打起所有精神,如临大敌,一声大喝之后提剑就朝那面猎猎飘动的大旗底部的旗杆砍去。

"嗯,这处大概便是'旗怪'的咽喉要害吧?"

心中忖念,那把积聚小言所有精神力量的瑶光神剑便有如一道闪电朝旗杆扫去。手起剑落,只听得咔嚓一声,那"旗怪"便身首异处,铺卷开约有两丈见方的神丽大旗就此飘落。

"好看!"

脱口说话的正是琼容。大旗飘坠之际,丽光晃目,被打横挟在哥哥胁下的小丫头正是见猎心喜,赶忙挣动一下伸出手去,一下便把旗角抓住,然后双手并用,三下五除二地把一面五光十色的大旗卷成一卷,像宝贝般竭力抱在自己怀中。

这时小言也顾不得计较那么多,自蹿上高耸旗杆后他便猛然发现,原来从此处登高望远,竟能一眼看到对面幽光闪烁的鬼灵大阵。

"好运气!"

小言暗叫一声惭愧,心道刚才自己一路冲杀,本以为离两军交界处越来越近,现在一看倒似乎到了敌阵更深处。这时,那些神色莫名激动的敌军正如潮水般涌来,显是想将自己就此围困擒住。

"琼容抓牢!"

见如此,小言豪气大作,蓦地大叫一声,便准备使尽自己所有磅礴道力杀出一条血路去。

"嗯!"

听到哥哥吩咐,乖巧的小姑娘便将玉藕般的胳臂紧了又紧,将略有些滑溜的旗帜牢牢夹住。

听到琼容回答后,小言便再无顾虑,左臂仍将少女夹住,右臂掌端太华道力如洪波决口般汹涌而出。一时间附近方圆数丈的空间中光华大盛,那团护身的大光明盾发挥到极致,直如一轮落地的炽热白日,一路裹挟着兄妹两人朝东北方向的出路闪电般飞去。

一路上,原本就不停飞旋而出的飞月流光斩更如暴雨般激射而出,配合着神出鬼没的瑶光神剑,正是横扫千军,势不可当!

在这样万夫莫当的时刻,阵中所有有些头脑的祸斗族灵看到这一情形,便忍不住想道:"罢了,原来少年两回深入军中都是故意的。一回斩杀青羊,二番夺取大旗,真不愧是杀死无支祁将军的悍神!"

一时间,这些头脑灵活的火灵神兵个个只在原地踊跃,渐渐无人敢再上前。这般情势下,一心逃命的小言竟很快又冲出一个缺口,眨眼间便踩着鬼族鬼王鬼母替他亲自擂捶的冥鼓鼓点,重新奔回寒冰壁垒之上的鬼方军阵前。

回归鬼阵后,小言将琼容怀中的旗卷抽出,随手丢在地上,便开始板起脸教育起这个冲动冒失的小妹妹来。谁知,正在苦口婆心之时,他却忽听得鬼王鬼母再次激动无比的惊叫声:"啊!这不是焱霞关的镇军大旗嘛!"

"镇军大旗?"

小言闻言回首观瞧,只见地上被他砍翻的"旗怪头颅",正在冰尘中艳艳放光,金红为主的五色艳光有如熊熊火燃,其中一条凶猛龙纹云遮火绕,栩栩如生。

"镇军大旗……"

刚从绝境中逃生的小言喘了口气,定下神来之后也是惊喜若狂。镇军大旗乃是一军士气所在,要是丢失了,这仗无论结果如何,也差不多算败了。看来,今日自己这运气真够好的!

想明这一点,两腿依旧发抖的小言便努力稳定心神,笑嘻嘻地对惊喜交加的鬼王兄妹说道:"宵芒,婴罗,这面旗帜,就当作我给鬼方的贺礼吧!"

"好好!谢谢谢谢!"

鬼王闻言,笑得合不拢嘴。

他们在这边欢天喜地,对面刚被两次冲击的焱霞军众,心里可不是滋味。

这时,焱霞军阵之后,在一幢隐在半空霞雾中的城楼上,一个形象雄大威猛的神灵,正目瞪口呆地回味着刚才目睹的一切。

这一位宛如大号火灵神兵的威猛灵将,正是祸斗族族长、焱霞关城主祸斗神。

此刻吞烟吐火的祸斗神,正在仔细琢磨刚才几乎转瞬即逝的纷乱中发生的三件事:

青羊神一个照面就被斩杀；

凤凰神女遇敌一言不发地离去；

号为"镇军之魂"的中军大旗被人一剑砍夺。

心中揣摩着这三件绝不寻常的大事，这位智计非常的祸斗族族长不由得深思起来："今日我方这场预谋已久的迂回攻杀，真个就是那么出其不意？"

猛然想到这个问题，高大凶猛的祸斗神心中便沸腾开来，开始急速筹算起战事前后的经过来。

说起来，这位擅操火属神力的焱霞关城主，虽然模样生得和那些族人如同一个模子里刻出来的，一副刚猛非常的模样，但实际上智谋过人。说起来，位高权重的祸斗神不为人所知的是，他平生竟有两大遗憾。

遗憾之一，便是他自负雄才，自认谋略天下无双，却因置身于龙神八部将中，便被人一眼认作只是神勇过人的一介武夫。

在最近几百年中，实际上智计绝伦的焱霞城主，又被主公安排到了新辟之疆鬼灵渊中，在外围镇守南海这处偏僻之处。

妖魔鬼怪曾经占据的海渊有何可守？这样安排，简直就如同流放！

因而自此之后，本就被人误解的祸斗智神便更加郁郁不得志，整天借酒消愁。

不过，这个遗憾，最近已经略略缓解，不再怎么放在他的心头。

因为最近战局不利，诸多将领谋臣疑惑为何仍把主力重兵放在远在南海后方的神之田，一直守口如瓶的南海共主孟章才终于透了口风，将自己心目中的宏图伟略透露给了自己的属下部从。

一直郁郁寡欢的祸斗神，参加过那次南海密殿中只有少数将领谋臣才能参加的会议之后，才知道原来自己镇守的并不起眼的鬼灵渊中，竟隐藏着眼前这天地间最大的秘密！

听水侯说，如果谁能破解这个秘密，便可成为这方天地的主宰，之后只要他挥一挥手，世间邪恶势力无论如何强大——包括现在咄咄逼人的四渎玄灵，都会在一瞬间灰飞烟灭。

当是时，听到这样的秘事，再看看水侯脸上灼灼的神采，与会之人激动之余，不免有人在心底怀了另样心思。

只不过，这样有些僭越的妄想，很快便被水侯接下来的话语打消了。水侯说，这天地间最大的力量，自然只有上天选定之人才能获得，而他孟章，便是这上天选定之人。只要他解开鬼灵渊中深藏的秘密，便可一展宏图，拯救那些即将大祸临头却不自知的愚蠢人民！

此言一出，众人感佩之余，也有老谋深算的谋臣出言提醒主公要慎重，但那时孟章不以为意，耐心解释给大家听，说他也是经过重重艰难险阻，费得九牛二虎之力才得到那物承认。如此大费周章，如此可歌可泣的历险奇遇，如何不证明他就是世间独一无二的幸运雄主？

神采飞扬之时，孟章便告诫在场诸臣，说是他现在做的所有一切，都是为了苍生正义，那个蛮横打来的可恶老龙，就和那些愚昧不化的愚民一样，不懂得天地大势。

在这样正气浩然的宣诚之后，顾盼自雄的孟章又特地跟镇守焱霞关的祸斗神提起，请他务必要和十二吞鬼兽神同仇敌忾，一起将南海的重中之重镇守好。

这样一来，祸斗神便不再为蜗居一隅苦恼，反倒开始为自己被委以如此重任而自豪！

这第一点遗憾算是部分消除，但另外一个遗憾，他却终是难以释怀。

"为什么上天要生给我这番样貌？为什么我不能长得像龙灵老儿那样，

是仙风道骨的睿智模样?"

现在,自认锦绣心肠的威猛火灵,正就眼前战局紧张筹划,希望能判断出下一步正确的统军决案。

他认为,像自己这样的智将,凡事只管大体就好,只需从战略上纵观整个战局。因此只不过稍微一忖度,智计过人的祸斗神便认定此战再拖下去对己方毫无益处。

他心中又想:"且不提眼前这战局,仅从龙鬼交战的历史来看,千百年过去,即使敌我各尽全力,打到今天也只是个纠缠之局。既然那么长时间都一直这样,那这样的情形就必将延续下去,绝不会因为一场局部的战事便改变战局。"

傲立城头霞光中,思路一经打开,祸斗脑中各样深富哲理的奇思妙想便如泉涌:"再说那烛幽鬼方,说是已被我们探知弱点,但这真个就是他们的薄弱之处? 要知道实则虚之、虚则实之,既然这是他们的弱处,那他们便没理由不知道,没理由不细加防护。这样一来,这破绽弱点反倒成了对方强处!"

在这样竭力思索之时,英明的祸斗城主并不只是纸上谈兵,还紧密联系了眼前的战况事实。

为何己方大军神不知鬼不觉地迂回绕到对方后方,不仅那鬼方首脑全在此处,连那个曾经斩杀无支祁将军的四渎少年竟也在此地? 这简直就像事先约好在此地等我们的嘛!

一想到这一点,再联想起那个死鬼无支祁生前的法力还远在自己之上,一身火气的祸斗竟有些冷汗涔涔。

"可恶!"思维跳跃的聪明神灵转眼想到,"呵呵,那只凤凰倒滑头,一见形势不对,一仗不打便开溜!"

到得此时,这位焱霞关城主已经知道自己该怎么做了。

就在这时,旁边那个阵前落败的副城主恰走过来禀告:"禀大人,此事有些不对!"

"哦?有什么不对,你且说来。"听得须焰陀这么说,祸斗神也是饶有兴味地等他的下文。

"是这样,我刚才细细聆听,竟发现那看似无意误入的少年杀入我军之后,鬼方冥鼓便一顺响起,等他杀掠一番再返回鬼方阵营后,那鼓点便戛然而止,显见他们早有默契,实非无意!"

"哈!正是如此,我也早就想到了!"

在他们对答时,鬼方这一边见到小言斩将夺旗归来,本来溃败而回的鬼灵不禁士气大振,现在可算得上士气高涨。

撑得这一时,成千上万的鬼族兵将已从后方涌来。顿时净土之滨前鬼氛弥漫,也和对面一样延展成一片无穷无尽的黑色海洋!

在这样势均力敌的情势下,察看过琼容伤口无碍后,此刻余勇可贾的四海堂堂主,背靠着身后百万军阵,在一片霾气霞光交错间执剑而立,静静直面对方军阵,往来睥睨之际正是渊渟岳峙,宛若天神。

这时节,也不知是不是巧合,正当小言无事闲立悠然观瞧时,因看不清楚某物,脚下便不知不觉朝前迈了一步。

仿佛约好了一般,就在小言抬脚迈前一步时,对面无边无际的金色杀阵突然朝后退却。转眼之后,原本一眼望不到边际的焱霞大军,便在举步迈前的按剑少年身前退后了几百里地。

这一切变化得如此之快,饶是小言亲眼看到,却还是觉得很不真实。

只是,虽然他不敢相信,眼前的事实却还在继续。在一段如若梦幻的纷乱之后,原本汹汹而来的金火兵阵已退得一干二净,净土之滨前的海面上,转眼间竟已是万籁俱寂,重复清明。

"这是……"

就在漫天神火退尽之时，在旁人心目中傲立风波浪尖的翩翩少年，也终于醒悟过来，忽觉清辉一缕映入眼帘。

于是小言还剑入鞘，回头望望，见残霞之上，一钩清月自东方缓缓而升。

正是：

寂寂斜阳照古沙，

海天渐夜剩残霞。

浮舟醉谈千古事，

笑看鸥波逐浪花。

第十五章
热地思冷，梦中笑语嫣然

自从小言在万军丛中杀进杀出、斩将夺旗之后，所有耳闻目睹此过程的烛幽鬼灵便都心悦诚服，自此之后，烛幽鬼方上下便全都以鬼王游历蒙尘时得遇如此明主感到自豪。

告别时撞上那场大战，小言几番杀进杀出，当时不太觉得，过后毕竟有些脱力，便和琼容一道又在烛幽鬼域中多待了几日，休息调养。

这些天里，小言想起当时琼容孤身陷入敌后的鲁莽举动，便少有地疾言厉色，说到琼容眼泪汪汪为止。此后便又带她在烛幽鬼域中四处游荡，寻幽访胜，打发这几天休养的无聊时光。

在黑暗天幕笼罩的鬼海灵域中这般悠闲行走，倒也让他俩发现了一些新奇的去处。

原来阴气森森的鬼方之中，倒也不乏清幽之地。比如在九冥幽都东北方二百里之外的地方，有一片洁白如雪的森林，其中白骨林立，各样浅灰淡白的骨玉枝头绽放着五色的花朵，其中魂影淡淡，如孕新鬼；又有许多翎羽拖曳的鬼鸟影影绰绰，跳跃其中，其鸣如箫，不同凡响。

在许多鬼方风物中，细细点数起来，最祥和安静之处还得数净土之滨前的不垢之川。

不垢之川这处波平如镜的鬼川中水色幽深，若在川上盯着流水看久了，便会发现眼前缓缓流动的平滑川水竟深不可测，深邃的渊底幽若苍穹，川面偶尔跃动的波光投射到不见尽头的幽明河底，就仿佛点点星光，配合着深邃的幽河之底，与往日在凡尘俗世中见到的夏夜星辰一样动人。在幽邃若星空的河川之上，又氤氲着青白的水烟雾气，缓缓游移在暗黑之川上方，好像轻拂在黑玉砚池之上的名贵轻纱。

这一日，就在鬼方击退南海神军奇袭之后的第三天，小言在不垢之川的河岸上坐赏河景。

当他眼观河川，神思悠悠，想着这河中能否钓鱼时，那个刚被呵责的小妹妹就在附近一路颠颠跑跳，明如玉粉的脸蛋上嘻嘻笑笑，也不知为何高兴。

这样一阵玩闹之后，琼容偷眼瞧瞧小言，见哥哥正端坐川上瞑目凝神，脸色庄重，显是在思考什么大事，一时肯定顾不上她。她便小心眼儿一动，顺着这条不垢之川的源流一路雀跃地向东跑去，想要看看这条墨汁一样的大河到底发源何处。

自然，琼容这般宏愿和她往日那些小打小闹一样，并没能持续多久，溯流而上跑出去四五十里地，才看见一条蜿蜒向北的红色支流，她便忽然觉得神思困倦，十分想睡。一觉自己迷糊，琼容便赶紧在红河之畔找到一块宛如垫椅的圆滑石头，靠在上面倒头睡下。

倚在河畔圆石上不久，琼容便知道自己睡着了。

"又做梦了啊！"

确认自己睡着的小姑娘，环顾着自己眼前的梦境，觉得十分欣喜，在梦里拍手欢呼道："真好啊，这次不是噩梦了！"

原来此刻在她面前,并没有什么火山大河的可恶景物,也没有什么琪花瑶草一类的讨厌物事。

小小梦境之后,琼容便和她的堂主哥哥正式告别了烛幽鬼方的叔叔姐姐,重又踏入浩渺无际的海涛烟波中。顺利完成任务的兄妹俩,按着比来时更远的路径向四渎玄灵所在的伏波洲大营绕去。

这日傍晚,小心潜行的小言兄妹重又回到伏波洲。

略去其中种种交接琐事,等小言把这些天来在鬼方发生的一切告诉给四渎龙君后,四渎老龙王便啧啧称奇:"呀,原来你那鬼仆宵芒真是鬼方之王啊!"

一阵挤眉弄眼之后,云中君忽似想起什么,跌足大叹:"罢罢罢,原想这几天本座亲率大军攻克神牧群岛,夺下神牧、桑榆、南灞、中山一岛三洲,应该能记个首功,可是跟你斩将夺旗、结盟鬼方这样的大功相比,只能屈居二等了!"

云中君懊悔声中,其他四渎玄灵文臣武将的恭贺已铺天盖地而来。这番喧扰纷乱结束之后,已有些头晕眼花的小言又被一位好不容易挤进来的龙宫侍女拉过去,说她家公主正在洲畔东边的礁石上等他,想听他说说此行任务完成的情况。

海边礁石旁,小言在灵漪儿不断的追问中,把数天前海上惊魂的故事说了一遍,只不过因为怕灵漪儿担心,小言尽力轻描淡写,叙述得就好像自己只是刚去海外游玩了几天一样。

只不过饶是这样,心窍玲珑的灵漪儿还是从小言简略得不能再简略的言语中听出些蹊跷;再结合乖巧的琼容在一旁不时补充的只言片语,便让一直牵挂他俩的女孩惊心不已。

晚上,四渎之主云中君在伏波洲四渎大帐中大摆宴席,为凯旋的少年堂主接风洗尘。

金碧辉煌的龙帐里,一番觥筹交错声中,小言也终于渐渐了解了这些天来南海发生的大事。

原来,几天前在云中君亲率四渎玄灵水族妖军大举围攻下,此际孤悬南海龙域外围的神牧群岛一岛三洲,迫于大军压力,最后终于在为首的神牧岛灵族"旭日重光神"带领下向云中君投降,宣布弃暗投明,效忠南海龙神蚩刚大太子伯玉,而不再承认三龙子孟章是南海共主。

酒席间,小言也看到了特地前来给自己道贺的神牧群岛居民,发觉桑榆、南瀛、中山三洲的土著精灵全都长得精明强悍,额突口阔,貌略类猿,他们事实上的领主旭日重光族长老,则个个都是一副神人体相,峨冠博带,衣袖飘飘,行动时黑袍边银雾缭绕,有如仙云,不愧是南海中远近闻名的神人族裔。

小言听说,四渎老龙君不到十天便已攻克神牧一岛三洲,正是因为神牧岛上这些神仙一样的人物深明大义,为免岛上生灵涂炭,不待战火烧上岛屿,当四渎玄灵大军还在外围布阵之时便已倾巢出动,真心降服。

对于他们这样不战而降,小言倒毫无轻视之意,反觉得他们无为而为,倒真似自己上清宫门中一贯追随的教义。

这般想着,酒酣耳热的道门堂主便执起酒杯,走到几位旭日重光族长老近前谈论起道家修行之事,看看是不是同道中人。

也不知是否这些新降之人竭力讨好刚刚崛起的少年神豪,小言只稍一询问,他们竟个个都说自己对清净道家甚是仰慕,和小言对答时竟还能引经据典,双方说得极为投缘。

第十六章
教剑娥眉，不输三千健甲

　　夜宴过后，等小言再次清醒时已是第二天的上午。睁开还有些沉重的眼皮，略转了转身，首先映入眼帘的便是那个穿着素黄小衫的琼容。

　　这时候天光应该已不早了，从帐门外斜斜透入的阳光明亮而热烈，形成一道光柱，恰好笼罩在趴在桌上的琼容身上，将她明黄的小衫照得熠熠发亮，仿佛整个人都融化在了明灿的阳光里。

　　"呵！琼容这么专心在看什么？"

　　阳光刺眼，小言也看不清小丫头到底趴着在看啥。努力甩了甩脑袋，想起昨晚一些事来，心中便有些奇怪："呃，昨晚我咋会醉成那样？呵，难不成是因为刚从鬼地归来，神气虚弱，才如此易醉？"

　　昏沉沉想着，宿醉才醒的四海堂堂主又努力摇了摇脑袋，从轻覆在身上的薄被中挣扎着坐起，半倚在玉床枕后的明玉板上。

　　"哥，你醒了？"

　　一直趴在桌上的琼容转过脸来，从腰鼓状的珊瑚凳上滑下，轻快地跑到小言近前，说道："哥哥，灵漪儿姐姐让我见你醒了，便把这个端给你。"

　　琼容一边说着，一边把手中捧着的一只琉璃盏子小心翼翼地递过来，认真说道:"灵漪儿姐姐告诉琼容,这碗里装的是寒玉雪蛤膏,就着空青玉泉石研磨酿制而成,可以明神利目,安定魂魄,最宜解酒!"

"嗯,知道,谢谢琼容!"

从琼容口中言辞,小言确知她无疑是转述了灵漪儿的嘱咐,因此便放心接过那只浅碧色的六角琉璃药盏,端详了盏中有如水晶的脂膏一眼,便拿起盏中那支长圆形的青竹片,开始挖着吃起来。

"呀!真是妙品!"

修长青竹片挖起一小块水晶般透明的雪蛤膏,还没等放到嘴边,小言便已觉一股清凉寒气扑面而来,在酷热的南海天气中显得十分舒爽凉快;等将它小心放入口中,还没等细细嚼咽,凝脂状的药膏便已化作一道甘凉水汽,倏然流下喉咙去了。

"妙哉妙哉!好吃好吃!"

吃着这入口即化的醒酒异宝,小言在心中赞不绝口,对细心安排的灵漪儿万分感激:"没想到灵漪儿这般细心!其实我酒早已醒了,不过能趁机吃到这样的甜美珍药,不错不错!"

"呃……琼容?"

小言正吃得兴高采烈之时,却忽然注意到眼前的小姑娘似有些异常。

不知是否因为龙宫秘药太过可口,小言连吃了几口之后,才注意到琼容的异状。小丫头现在正瞪大眼睛一动不动地瞧着自己,全神贯注地观察着自己的每一个举动,再听她紧闭的嘴巴中细微出声,显然正在咽口水。

"呵呵……"

察觉此情,小言略品了品口中残留的膏味,断定可口的良药即使给她食用也无妨碍,便停下手中动作,冲努力掩饰自己咽口水的小妹妹笑呵呵地问道:"琼容,你也想吃?"

"想!"

羡慕已久的小姑娘听小言一问,没等小言话音落下便上嘴唇下嘴唇一碰,轻快回答。

一言答罢,她忽觉不妥,琢磨了一下才有些不好意思地问话:"哥哥,琼容是想吃。如果哥哥够吃的话,能剩一点给琼容吗?"

"哈!"

见琼容这般可怜巴巴地请求,小言哈哈一笑说道:"这药我正吃不下。喏,都给你!"

说完小言当即将手中琉璃盏递给琼容,让她吃完。

等琼容风卷残云般将盏中膏汁食尽,小言才问她:"琼容,这药好吃吗?"

"好吃!"琼容清脆答完,又捧起杯盏将盏底舔得干干净净。

"嘻!"

咂了咂嘴,琼容正要感谢哥哥时,只听门帘一响,灵漪儿已移步进来。

"小言你醒了?"缓步而前的灵漪儿,望向小言的目光中充满关切。

"嗯!"

见灵漪儿进来,原本懒懒闲坐的小言便要坐正,却被灵漪儿伸手按住,让他不要乱动。

"呵,又不是生病。"见灵漪儿如临大敌,小言低低呢喃一句,也就不再挣扎。

"小言!"灵漪儿又道,"刚才琼容妹妹端给你的寒玉雪蛤膏,你觉得怎么样呀?"

"雪蛤膏?"

"是呀!"

一听这话小言便来了精神,高兴说道:"灵漪儿,我正要谢谢你,雪蛤膏真的很好吃!"

"啊?好吃?"

"嗯!"琼容忙从旁插言帮哥哥,"灵漪儿姐姐,那寒玉雪蛤膏真的很好吃喔!就是有点淡了,下次可以再做甜些!"

"你们……"听兄妹俩说完,灵漪儿一时却有些哭笑不得。

"琼容!"想了想,灵漪儿便对意犹未尽的小姑娘说道,"唉,妹妹你一定是忘了告诉你哥哥,那些雪蛤膏是外敷额头的……"

"外……敷?"小言闻言大惊失色。

"是啊!唉,你们兄妹俩真是……"

灵漪儿也不及多怪,便赶紧出门去,准备跟那些安排午餐的婢女厨子说一声,嘱她们中午给这兄妹俩再多加几道菜。而在她身后,那对兄妹正是面面相觑,十分尴尬。

"琼容——"

等到帐外脚步声消失,帐中的沉默才被打破。只听小言正十分自信地给小妹妹分析:"我就说呢,你灵漪儿姐姐现在这么细心,怎么会不放汤匙,只放竹片!"

且不提伏波洲上这些平常琐事,再说那东南海疆南海龙域中。

大约在张小言莫名醉酒那一晚的十来天后,到了十一月初五这天,在南海龙域那座白玉砌成的临漪宫中,有人正在犯愁。

大气磅礴的白玉宫殿一角,南海广袤水疆实际的主人水侯孟章,正坐在宽大的紫玉椅中,呆呆望着书房水晶窗外的景色,神色一派颓然。

这时,虽然时令已到了一年的年底,但四时如一的龙域海底仍是风光秀丽,幻美非常。

水侯书房外,正是临漪宫附近这片海底最美之地,微泛毫光的白玉小筑外珊林掩映,碧藻扶疏,如碧如蓝的海色水光在错落有致的藻丛珊林中几经折射,映到书房中时已是光辉璀璨,如梦如迷。

只不过,虽然书房前依旧是百看不厌的梦幻景色,现在房内之人却丝毫没心思观赏。

"没想到战局,竟溃败至此啊……"一想到眼前战事,水侯孟章便头疼不已。

特别是昨日他听斥候传来檄报,说是烛幽鬼方已正式与四渎水族、玄灵妖族结盟。一想到这儿,孟章便愤怒非常,郁气充塞之时,他真想在僻静书房中大喊大叫,宣泄情绪。

当然,这一会儿工夫中他最多也只是几次张了张口,并没真正喊出声来。

"唉!"想到愤激之时,孟章不知不觉重重叹息一声,忖道,"这些不知天道的愚人! 天神为何不降下雷电把他们统统劈死!"

正在郁闷发狠之时,孟章忽听门外脚步轻响,没多久便有一人走到自己近前:"侯爷,婢子给你送茶来了。"

"嗯。"孟章闻声抬头,见奉茶之人正是自己最喜爱的婢女月娘。

"你放这儿吧。"这种时候,孟章也没什么心情多说话,只淡淡吩咐了一声,便重又陷入自己那个忧愁与狂暴交相错乱的世界中去了。

见孟章失魂落魄的模样,容颜俏丽的月娘迟疑了一下,也不敢多话,便执着茶盘转身走出门去,把房门轻轻带上。

这样大约又过了半响,心中有如风暴发作的水侯终于真正平静下来,长舒了一口气,坐直了身子,准备思索一下如何应对鬼方、四渎两相夹击的困局。

只是,正在这时,孟章却感觉到书房静静荡漾的水汽中,突然传来一丝细不可察的波动。

"嗯？有人舞械！"

虽然突如其来的波动极其细微，但又如何逃得过南海水侯的灵觉？

"哼！"

此际异常敏感的水侯闷哼一声，当即霍然起身。一阵光影纷乱后，他雄硕的身躯已穿过书房玉筑水晶花窗，转瞬来到异常波动的起源处。

"呃……"

孟章倏然激射到书房外那片珊瑚密林深处，到了波动的源头，见了眼前情景却一时愣住。

气势汹汹的水侯看得分明，在前面不远处那株开满淡黄小花的海树琼枝下，正有一个熟悉的身影，在吃力地舞着一把剑。

"月娘……"

让孟章错愕的是，眼前气喘吁吁练剑之人，正是平日弱不禁风的娇美婢女月娘。

正专心练剑的婢女忽听得有人叫她，吃了一惊，啊的一声，手腕一软，掌中握着的那把铁剑差点滑出手去。

"嗯？月娘你怎么也要舞剑？"

见月娘练剑，孟章心中十分诧异。因为他知道，在自己那八个贴身侍女中，和自己最好的月娘最为文弱，平时也只是让她干些端茶送水的轻巧活。谁知这个柔弱婢女，今日竟忽然一个人来林中练剑，还练得如此勤力，怪不得孟章会大为惊奇。

就在孟章发愣之时，婢女月娘听主人相问，赶紧垂下手中之剑，慌张回答："禀侯爷，月娘不合私自跑开，伺候不周，请侯爷责罚！"

"哼！"孟章心情正有些不好，这时听她这样答非所问，似顾左右而言他，不免生气，便疾言厉色地又问了一句，"月娘，我是问你为何练剑！"

忽见主公发雷霆之怒，只听当啷一声，月娘吓得铁剑落地，双腿一软跪在地上，连声告道："奴婢该死！奴婢该死！奴婢只是见侯爷心烦战事不利，便也想练武为侯爷分忧！呜！"

这话说到最后，自觉犯了大罪的月娘已是泣不成声。

听了月娘之言，原本气势汹汹的水侯却忽然语塞，一时无言以对。

"唉。已经到了要让自己喜欢的女子上阵打仗的时候了吗？"

千百年来最多只会烦闷愤怒的南海水侯，心中忽然大恸，只觉得双目湿润，鼻子发酸，一时竟似有眼泪要夺眶而出。

"唉……"

上前几步，在匍匐在地的女子面前停住，身材高大的水侯又叹息一声，竟轰然跪地，将惊恐的婢女揽到怀中。

"月娘，你放心。"

虽然这时候只是寻常的安慰，但水侯盯着怀中之人的视线，却仿佛已经穿过了这张布满泪痕的柔静面容，一直望到了遥远的北方。

"月娘，你放心。"

水侯又重复了一遍承诺，对着月娘，也仿佛对着自己，喃喃地说话："呵……那成心作对的贼子，运数也快到头了吧？"

说完这句诅咒般的话语，孟章的语调忽又变得温柔无比："月娘，你这铁剑太重了，待会儿我去宝库中给你取那把逆吹雪。

"逆吹雪还是雨师公子骏台五百年前献来的，锋芒雪利，轻盈若羽，可杀人于无形！"

第十七章
丽日光风，须防射影之虫

"莫不是跟鬼方打仗打多了？以前真是鬼迷心窍了啊……"

这些天来，曾经威震南海的水侯孟章性情变得越来越像一个凡人。在大敌压境、节节进逼的时刻，他却突然在琼珊树林深处审视起自己的私人感情来。

揽着怀中泪痕依稀的婢女，孟章惯来思考乾坤大事的心，猛然发现或许自己一直孜孜不倦追求的伴侣，其实早已得到了……

"雪笛灵漪？艳绝四海？"

这些往日每一想起便似在孟章神魂中闪耀过一道道璀丽光环的字眼，和此刻眼前百依百顺的娇弱可人儿一比，变得根本不值一提。

月娘柔美的面庞，这时更像一剂灵丹妙药，让沉沦已久的南海霸主觉得自己突然又找回了真正的方向。

"总有一天，我会让你们知道什么叫'南海水侯'！"

多少天来在孟章头脑中隐约徘徊的想法，这一刻终于变得无比清晰。

孟章终于明白，自己落到今天田地，不怪天时地利也不怪自己，今天这个局面，都是因为陆上四渎那个老不死的步步相逼。

除了南海，几乎所有人都在说四渎老龙有理有据，可是谁又能理解他孟章的苦心？谁能想到，他去拉拢四渎臣属、冰冻罗浮山，并不只为了区区权势、些小威名，而是为了普天下的生灵？

假仁假义的云中君，实在是老奸巨猾得超凡入圣，自己那件大事饶是做得如此保密，却仍似被他听得些风声，猜出些端倪。老龙依着自己的愚浅见识，想阻止他孟章直可与天地齐寿日月同辉的功绩——

哈！好！既然那些愚蠢的同族不能明白他孟章的苦心，那到自己事成之日，哪怕让血浪盈海、天地倒转、日月逆行，他孟章也绝不迟疑！

就在骄傲的南海神侯暗自发下凶狠决绝的诅咒时，那些被他诅咒之人控制的南海北部海疆中，正是一片阳光灿烂。

龙域九井洲外的西北海疆，西到流花洲，东到神牧岛，在小言从鬼方回来后的这几天里，显得十分安宁。除了从后方运来的器械物资依旧络绎不绝源源而至外，其他都不见什么动静。

就在小言醉酒四五天后，这一日南海之中正是阳光明媚，和风细细，本来无风也三尺浪的南海大洋里难得呈现出一派平静景象。

海面虽然风轻，此时天边的日头却十分毒辣，白亮亮的太阳光从正南天空射下，如炉火一般烘烤着下方大洋中弹丸一样的洲岛。

这天吃过午饭，帮灵漪儿姐姐派来的侍女收好桌上的碗筷，琼容便跟小言哥哥说了一下，自己跑去伏波洲西边的海滩上玩。

到了岛西侧那片平缓的海滩，跳到一处表面平滑的礁岩上，琼容便一边荡着脚丫，一边呵呵笑着看那些从眼前海面上不断经过的运输队伍，正是百看不厌，兴致盎然！

看到高兴处，无忧无虑的小姑娘还会发出一两声由衷的惊叹："好大的大猪啊！"

当然，眼前波光闪烁的大海中绝没跑来什么大猪，琼容口中的大猪，其实是许多遍体银白的细嘴巨兽，正在眼前的风波浪涛里首尾相衔，移动如山。

这些小雪山般的异兽，一个个身形庞硕，差不多都有两三间民房那么大，在海涛中不紧不慢地巍然前行。看它们形状，一头头就像被放得巨大的穿山甲，唯一不同之处就是身上鳞甲尽皆银白如雪，在午后的阳光中有如千百块明亮的铜镜，在蔚蓝的大海里闪闪发光。

这些灿烂莹白的巨兽，正式的名称叫作"巨蛝蜥"，乃是四渎水域彭泽湖中特产的怪兽。

这些巨蛝蜥生性奇特，一遇到物品，就要把它背起来。比如每当它们在水中碰到沉船巨物时，就全都捞起来，背到背上，昂首游行。

捞取之时，它们也不管自己背不背得动，只要遇着搬得动的东西便忍不住努力背负。巨蛝蜥背上的鳞片又出奇地生涩，无论是沉船还是鱼尸放上去都很难滑落。因着这样的怪癖习性，饶是它们天生庞大力量无穷，也总会不出百里便被背上不断加附的重物压垮，身躯倾侧，直直沉入水底，狼狈无比。

正因这些彭泽水兽有这样的天生习性，它们遂整日疲敝不堪，以致每头蛝蜥最多只有四五十年的寿命。对于巨蛝蜥这种庞然大物来说，四五十年实在算是很短命了。

当然，现在琼容看到的这些银白巨蛝蜥，早就被彭泽水族训练过，替四渎龙族运物之时，它们不会见物就抓，而是老老实实地背负适当重量的物资长途跋涉，为四渎水族远距离运输体积庞大的物资。

只不过，所谓"本性难移"，即使这些彭泽巨蛝蜥早在千百年前便被驯服过，但此刻用它们向南海运送物资之时仍需专门的武士一路随行，否则一不

留神,说不定转眼间它们便捞上来一艘沉船或几块浮洲,加载到那些宝贵的物资上面。

说过水族这种奇物,再说琼容。虽然那些银色"大猪"如此可爱,但一天之中总有看腻的时候。在海风中跷着脚专心看了半个多时辰,琼容便和昨天一样,再一次对波涛中载沉载浮的巨兽失去了兴趣。

到这时,她终于发现头顶的日光是如此强烈,照到自己脸上只觉得热烘烘,十分难受。

"好热呀!不会晒黑吧?"

捏了捏自己那张从来都是粉洁白嫩的小脸,琼容十分忧心忡忡:"嗯,不如去睡个午觉!"

心中忽转过这样颇为跳跃的念头后,琼容咻一声滑下高高的礁石,掉入眼前涛浪起伏的大海中,略辨了辨方向,闷着头朝西南方向飞快游去。

这日里琼容上身穿的是一件雪白的小衫褂,此刻在海中飞快游弋,就像一支雪箭分开两侧碧蓝的波涛,朝西南隐隐浮现的隐波洲方向飞快射去。

现在琼容从小言那儿学来的瞬水诀已用得十分得心应手,不一会儿工夫她便到了伏波岛西南几百里外的隐波洲。到了隐波洲边缘,她并没停留,而是马不停蹄地朝隐波洲西南一处绿洲游去。

到了前几天四处闲玩时发现的小岛,琼容破水而出,蹦跳到绿洲外围的洁白沙滩上,在温热的细白沙上来回雀跃了好几圈后,一头扎入岛上浓密的雨林中。

虽然林中枝藤交错有如蛛网,琼容看似随意地奔跑,却总是穿行无碍,如一只蝴蝶穿花而过,着实轻松自如。

只不过一会儿工夫,一向与林野自然亲密无间的小姑娘便跑到了她几天前刚发现的那处午睡良所——一块隐在林间空地旱莲丛中的天然青石板。

　　跑入人迹罕至的热地雨林,到了这块被她认作清凉小床的天然青石板前,琼容并没着急卧下,而是坐在石边,一边东张西望看着林中的景致,一边悠闲随意地哼起歌来。

　　和着林溪鸟鸣的歌调,她一如既往地嗯嗯呀呀,不成曲调。随心哼唱的时候,歌词还是脱不出儿歌的风格,依然是"蓝天啊,大海呀,鸟儿啊,哥哥呀",诸如此类,十分简单。

　　琼容东张西望、兴致十足地唱了一回,大概觉得把心中所想都唱完了,才在青石上和衣倒卧,仰面朝天睡下。

　　这时雨林上方透下的阳光依旧强烈炽热,琼容便从旁边顺手拉过一枝旱莲,让它碧玉盘般的巨叶遮在自己上方,挡住头顶林叶间漏下的明烈光线。

　　这样躺了一会儿,几经辗转反侧,琼容到最后发现自己还是睡不着。

　　皱了皱小眉,她举起手指,在脸颊上方那片莲叶上捅出两个小洞,转动着乌溜溜的大眼睛,透过小洞观察起头顶的云来。

　　透过泛着绿色明光的孔洞,想象力丰富的琼容很快就看出头顶圆圆的天空里,那两片长圆形的云彩其实是两只乌龟,一只白壳,一只灰壳,正攒着劲头朝东边那片绿油油的树叶慢慢爬去。

　　"快跑!快跑!"

　　无事可做的小姑娘,就这样为蓝天中那两只乌龟鼓劲加油,只是这样的加油声,渐渐地小了下去……还没等看到是哪只乌龟先吃到那片绿叶,自得其乐的小姑娘便慢慢滑入梦乡中去了。

　　琼容酣睡的这片热地雨林,茂密的藤树枝蔓隔绝了外面大洋的风涛海浪,显得无比安详神秘。

大海中的密林里，处处弥漫氤氲着雨林特有的水腥气，浓重的淤泥中惯有的腥味里，又夹杂着许多草木的清香。

在这个不大的洲岛上，别处很少见的参天巨木在此地却十分常见，一株株高耸入云，将不大的洲岛遮得严严实实。巨大的古木树干上附生着许多花草灌木，悬在半空中时，就像一个个小小的空中花园。

在高低错落的空中花圃里，最常见的是浅蓝色的凤梨花。这些热地雨林中常见的寄生花草巴掌大的叶子回旋如螺，中间形成一个个小小的"池塘"。

盛着雨林中上次降下的雨水，这些四下并无依靠的空中叶塘，便成了一只只体态精致的浅绿树蛙最好的休憩之所。

若是观察仔细，还能发现有几只平时只能在沙滩边见到的纤小海螺，在悬空的叶塘浅水中慢慢游弋，也不知它们是怎么从大海中爬到这样高高在上的空中楼阁的。

除此之外，雨林花木间还缠蔓飘荡着许多树藤，弯弯曲曲，扁扁长长，和那些星星点点、斑斑斓斓的寄生花朵合在一起，远看去就像是一条条五彩斑斓的毒蛇，正盘踞蜿蜒在棕褐深碧的树干上。

事实上，这些貌似毒蛇的花藤中，现在也的确隐藏着不少剧毒蛇虺，花纹绚烂，一条条半眯着冷酷的细目，咝咝吐着鲜红的蛇信，耐心等待着猎物上门。

有些让人奇怪的是，这些毒性猛烈、性情阴狠的雨林毒蛇，虽然和旱莲丛莲叶下那个酣睡的小姑娘近在咫尺，却没有一条敢去打她的主意。甚至，偶尔有毒蛇猛虺不小心路过琼容酣睡的青石板，闻到空气中那丝游荡飘忽的奇异气息，便都如遭雄黄猛药，尽皆半僵着身子赶快从她身边迅速溜掉。

琼容这样十分安然地熟睡之时，远处密林绿叶间的溪流涛声依旧，只有溪水奔流声偶尔平息的间隔，才能断断续续听到雨林水鸟关关的鸣叫。一声声的鸟叫,将午后的绿林衬托得更加宁静平和。

如果仅仅就是这样,那一个人跑来这个十分安全的近邻小洲午睡的小姑娘,也许再过一时半会儿就会如期醒来,再次瞬水回到伏波洲去,跟正忙着跟大家商量大事的堂主哥哥报告她这半天中的所见所得。

如果幸运的话,她也许还能让繁忙的堂主哥哥抽出些空来,陪她一起去洲岛旁的礁岩上看夕云落日,弥补她总是贪睡不能和哥哥一起看日出的遗憾。

如果这样,也许这一天就会这样平淡地度过,绝不会有什么难以预料的波折。

只是,或许这一天注定不平凡。在琼容睡得最为香甜的时刻,她头顶那片狭小的蓝天中先前那两朵龟鳖形状的云彩,已经不知飘散到哪儿去了,也不知什么时候,那片明晃晃的蓝天中,已经停留了一朵暗灰色的雨云。

悄无声息慢慢飘近的雨云,在琼容熟睡的雨林上空悄悄停住,过了没多久,灰色的阴霾便已弥漫了整个洲岛雨林上空,将这座碧绿明丽的洲岛,笼罩在巨大的阴影之中。

图书在版编目(CIP)数据

四海为仙11：勇破焱霞关 / 管平潮著 . —杭州：
浙江文艺出版社，2021.8
ISBN 978-7-5339-6547-1

Ⅰ．①四… Ⅱ．①管… Ⅲ．①长篇小说—中国—当代
Ⅳ．①I247.5

中国版本图书馆CIP数据核字（2021）第121104号

选题策划　关俊红
责任编辑　张　雯
营销编辑　宋佳音
封面设计　仙境 **WONDERLAND** Book design
版式设计　吴　瑕
封面绘图　谭明–ming
内文绘图　何故识君心
责任印制　张丽敏

四海为仙11：勇破焱霞关

管平潮　著

出版　浙江文艺出版社
地址　杭州市体育场路347号
邮编　310006
电话　0571-85176953（总编办）
　　　0571-85152727（市场部）
制版　浙江新华图文制作有限公司
印刷　杭州杭新印务有限公司
开本　710毫米×1000毫米　1/16
字数　128千字
印张　10
插页　2
版次　2021年8月第1版
印次　2021年8月第1次印刷
书号　ISBN 978-7-5339-6547-1
定价　39.00元